바람의
마스터
Wind Master

바람의 마스터 5

임영기 장편 소설

초판 1쇄 찍은 날 § 2015년 12월 14일
초판 1쇄 펴낸 날 § 2015년 12월 21일

지은이 § 임영기
펴낸이 § 서경석

편집책임 § 박가연

펴낸곳 § 도서출판 청어람
등록번호 § 제387-1999-000006호
등록일자 § 1999. 5. 31
어람번호 § 제1-2315호

주소 § 경기도 부천시 원미구 부일로 483번길 40 서경B/D 3F (우) 14640
전화 § 032-656-4452 팩스 § 032-656-4453
http://www.chungeoram.com
E-mail § chungeorambook@daum.net

© 임영기, 2015

ISBN 979-11-04-90559-9 04810
ISBN 979-11-04-90417-2 (세트)

FUSION FANTASTIC STORY

⑤

임영기 장편소설

바람의 마스터

Wind Master

도서출판
청어람

바람의
마스터
Wind Master

CONTENTS

제26장
트리플맨

태수는 개선장군처럼 귀국했다.

태수로 인해서 대한민국은 전국이 축제 분위기다. TV나 라디오, 인터넷은 온통 태수가 이룬 쾌거에 대한 얘기로 도배를 하고 있다.

메스컴에서 연일 마라톤을 화제에 올리고 육상 전문가들을 초빙하여 마라톤의 규칙이나 경기 방식, 세계6대메이저마라톤 대회 IAAF나 WMM, 그리고 마라톤 입문에 대해서 상세하게 설명했다.

그 덕분에 원래 마라톤을 하던 엘리트 선수들이나 마스터

즈들은 제 세상을 만난 듯이 한껏 의기양양하게 어깨를 펴고 다녔다.

대한민국은 일제 강점기 시절 손기정 선생이, 그 이후에는 서윤복 선생 같은 분들이 올림픽과 보스턴마라톤대회를 제패하면서 세계기록을 경신했을 정도로 마라톤 강국이었으며 그 시절에는 마라톤이 대단한 인기를 누렸었다.

이후 이봉주나 황영조 같은 걸출한 선수가 세계무대를 제패하는 등 눈부신 활약을 했으나 국민들의 반응은 그때만 반짝 열광하고 곧 식어버리는 양은냄비 같았었다.

그러나 2015년 가을 대한민국은 윈드 마스터 한태수라는 국민적 영웅으로 인해서 건국 이래 그 어느 때보다도 뜨거운 마라톤 붐이 요원의 불길처럼 일어나고 있다.

따지고 보면 마라톤처럼 저비용으로, 그리고 장소의 구애 없이 언제라도 아무 곳에서나 편하게 할 수 있는 운동도 흔하지 않다.

축구를 하려면 축구장이, 야구는 야구장, 골프는 컨트리클럽이나 하다 못해서 실내 연습장이나 스크린 골프장이라도 있어야 하지만, 마라톤은 그냥 길만 있으면 된다.

강변이나 들판, 산속의 오솔길, 아스팔트 옆 인도에서라도 그냥 달리면 된다. 그게 아니면 트레드밀 위에서 땀 흘리면서 뛰면 된다.

필요한 것은 달리기에 편한 간단한 복장이다. 구태여 팬츠와 싱글렛을 구비하지 않아도 집에 있는 편한 반바지와 반팔 티셔츠를 입고 뛰면 되는 것이다.

단, 마라톤 입문에 가장 필요한 것은 하고자 하는 열의와 시간이다. 그것만 있으면 된다.

대한민국처럼 마라톤에 대한 붐이 제대로 조성되지 않은 마라톤 중진국에서도 1년에 수백 개의 크고 작은 마라톤대회가 전국 각지에서 개최된다.

그러니 조금만 주변을 돌아보고 신경을 쓰면 참가비 2만~5만 원 정도를 내고 대회에 참가할 수 있다.

전국의 마라톤대회는 풀코스부터 하프마라톤, 10㎞, 5㎞까지 종목이 다양하니까 자신의 체력과 훈련량에 맞춰서 적합한 거리를 선택하면 된다.

또한 건전하기 짝이 없는 마라톤대회는 가족들이나 친구, 회사 동료들과 함께 참가해서 즐기며 친목과 화합을 다질 수도 있다.

대부분의 마라톤대회에서는 대회가 열리기 전에 기념품과 배번호를 택배로 보내주는데, 마라톤에 필요한 팬츠나 상의, 런닝화, 고글, 손목시계 등을 주기도 하고, 아니면 그 지방 특산물로 쌀 같은 농산품이나 수산물, 특용작물 등을 주기 때문에 생활에 보탬이 되기도 한다.

대회 참가요령은 더 간단하다. 인터넷에서 '마라톤온라인'에 들어가서 '대회 일정'을 클릭하면 전국마라톤대회가 수두룩하게 뜨는데 그것 중에서 입맛에 맞는 걸 고르고 참가비를 송금하면 끝이다.

대한민국 전국의 달림이들에게 가장 인기가 있으며 규모가 큰 대회는 매년 10월 춘천 공지천에서 열리는 이른바 '가을의 전설'로 불리는 조선일보춘천국제마라톤대회, 그리고 매년 서울 광화문에서 출발하는 서울국제동아마라톤대회다.

이 2개의 대회는 달림이들에게 '춘마' 또는 '동마'라고 불리며, 여기에 참가해서 완주를 한 사람들은 큰 자부심을 갖게 된다.

그리고 길을 가다가, 혹은 마라톤 연습을 하다가 '춘마'와 '동마'에서 준 기념 티셔츠나 바람막이 윈드브레이커를 입은 사람을 만나면 남들은 모르는 진한 동지애를 느끼기도 한다.

한번 뛰어보라. 그러면 절절하게 느낄 것이다. 내가 살아 있음을.

그리고 완주를 하고 나서는 말로는 표현할 수 없는 성취감을 느끼면서 러너스 하이와 마의 벽을 극복하고 골인한 나에게 세상에 두려울 것이 없다는 자신감이 생길 것이다.

마라톤대회에 참가하여 달리면서 맛보는 사람들 간의 훈훈한 인정 어린 일들은 너무 많아서 일일이 다 열거할 수가 없을 정도다.

태수는 대한민국 방송3사를 비롯한 케이블 TV나 수많은 단체로부터 빗발치는 초청, 출연 제의를 받았으나 한 군데도 수락하지 않았다.

이유는 간단하다. 태수 본인이 수줍음이 많아서 많은 사람 앞에 나서는 것을 싫어하기 때문이다. 더구나 그는 말주변마저도 없다.

태수는 시카고마라톤대회 우승 이후 귀국하여 부산 마린시티 T&L스카이타워 오피스텔에 칩거한 채 오랜만에 달콤한 휴식을 취했다.

타라스포츠의 매출은 연일 수직상승 고공행진 중이다.

타라스포츠는 모든 스포츠 용품을 넘어서 아웃도어 전반에 걸쳐서 생산을 시작했다.

타라스포츠 자체 생산 공장이 포화 상태라서 10군데 넘게 하청업체를 두고 있으며, 그도 모자라서 인건비가 싸게 먹히는 베트남과 라오스, 인도네시아에 생산 공장을 건설하고 있는 중이다.

태수가 베를린마라톤대회에서 세계기록을 경신하면서 우승한 직후 대한민국 전국에 타라스포츠 열풍이 불어닥쳐서 타라스포츠는 거의 모든 창고에서 제품의 재고가 바닥을 드러냈다.

그런 상황에 태수가 또다시 시카고마라톤대회까지 우승을 하고 금의환향하자 타라스포츠 전국 매장에서 타라스포츠용품과 아웃도어를 사려는 사람들로 아우성이 터졌다.

시카고마라톤대회가 끝나고 5일 후 10월 16일.

태수는 타라스포츠로부터 시카고마라톤대회 우승과 대회 신기록 경신 등에 대한 포상금으로 160억 원을 챙겼다.

원래 처음 계약서대로 하면 태수는 20억 원 남짓 받게 되지만 재계약서에 의해서 160억 원을 받았다.

태수가 세계대회에서 한 번 우승할 때마다 타라스포츠용품의 재고 창고가 텅텅 빌 정도로 매출이 천정부지로 치솟는 터라서 태수가 받는 포상금은 사실 새 발의 피 수준이다.

또한 같은 날 태수의 닉네임을 타라스포츠의 브랜드로 상표화하는 계약을 체결했다.

원래는 태수가 베를린마라톤대회에서 세계기록을 경신하면서 얻은 닉네임 'TWRM'과 예전 닉네임 'Windmaster' 2개를 상표로 등록해서 사용하려고 했는데 'Triple man'과 태수의 이름 'Taesoo'도 상표로 하면 좋겠다는 의견이 나와서 결국 총 4개를 상표화하는 데 합의했다.

그리고 로열티에 대해서는 타라스포츠는 1년에 한 번 일정

액을 한꺼번에 지급하자는 쪽이고, 윤미소는 4개 상표로 판매된 전 제품의 매출액 2%를 로열티로 달라는 쪽으로 팽팽하게 줄다리기를 하다가 의견 조율 끝에 4개 상표로 판매되는 전 제품의 매출액 1.5%를 매월 한 번씩 지급하기로 도장을 찍었다.

태수가 타라스포츠 이사나 다른 지위를 갖는 것에 대해서는 태수 본인이 원하지 않아서 없던 일이 되었다.

우우웅―

토요일 오후 4시경에 태수 차 BMW X6M50d가 부산역에 나타났다.

태수는 차를 택시승차장 옆 2차선 도로가에 세워두고 룸미러를 부산역 출구 쪽으로 맞춰놓고 유심히 주시했다.

오늘 서울에서 혜원이 KTX를 타고 내려온다. 4시 20분 도착인데 태수는 일찌감치 도착했다.

아직 혜원이 나오려면 멀었는데도 태수의 시선은 룸미러에 고정되어 있다.

태수는 주머니를 뒤져서 USB를 꺼내 잭에 꽂고 음악을 틀었다.

그는 아무 음악이나 다 좋아하기 때문에 USB에는 별별 음악과 노래들이 다 들어 있다.

그는 의자를 뒤로 젖혀서 몸을 깊숙이 파묻고 팔짱을 끼면서 눈을 감았다.

마침 태수가 특히 좋아하는 알비노니의 '현과 오르간을 위한 아다지오 G단조'가 흘러나오고 있다.

슬픈 아다지오 곡으로는 알비노니와 베버의 '현을 위한 아다지오' 2개가 늘 손꼽히는데 태수는 둘 다 즐겨 듣는다.

알비노니가 애잔한 슬픔이라면, 베버는 비장한 슬픔이다. 그래서 알비노니를 들으면 마음이 아프고, 베버를 들으면 심장이 저린다.

그런데 희한한 일이다. 알비노니가 끝나자 이번에는 베버가 흘러나오고 있다.

태수는 알비노니와 베버를 함께 나란히 다운받은 기억이 없다. 그때그때 틈이 날 때마다 다운을 받았기 때문에 순서가 뒤죽박죽이다.

그는 눈을 감고 베버를 음미하면서 문득 자신의 운을 시험해 보고 싶다는 생각이 들었다.

그는 클래식 음악이라면 거의 모두 섭렵했을 만큼 좋아하지만 알비노니를 듣고 나면 베버가 듣고 싶어지고, 이 둘을 듣고 난 후에는 꼭 스메타나를 들었다.

만약 그가 좋아하는 곡 2곡 이후에 스메타나까지 나온다면 대운(大運)이다.

그래서 꼭 뭐가 이루어질 거라는 특정한 것 없이 그냥 '만사 잘 풀릴 것이다'라고 믿고 싶었다.

그러다가 베버 다음에 스메타나가 나오지 않으면 그냥 그걸로 그만이다, 라는 생각이다. 뭐, 지금까지처럼 살아가면 될 터이다.

이윽고 베버의 '현을 위한 아다지오'가 끝나고 차 안에는 잠시 적막이 흘렀다.

후루루루루루~ 루우~

그러고는 속삭임 같은 플루트 소리가 고즈넉하게 흘러나왔다.

'나왔다!'

스메타나의 '나의 조국' 중 제2번 '몰다우'의 전주는 플루트 독주다.

그다음에 여러 대의 플루트가 이어지고 마침내 몰다우의 주제가 웅장하게 흐른다.

맞춰서 짜 넣은 곡이 아닌데도 정말 우연의 일치로 태수가 무척 좋아하는, 그래서 항상 한 묶음으로 생각하는 알비노니와 베버, 스메타나가 줄지어 나왔다. 이런 일은 태수 평생에 한 번도 일어나지 않았었다.

톡톡톡톡……

태수는 무슨 소리에 눈을 떴다.

톡톡톡톡……

조수석 바깥에서 혜원이 창문을 두드리고 있다.

쏴아아아……

태수는 스메타나를 듣다가 깜빡 잠이 들었나 보다. 더구나 밖에는 조금 전까지 화창했는데 제법 굵은 빗줄기가 세차게 뿌리고 있었다.

태수가 급히 문을 열어주자 혜원은 비에 쫄딱 젖었으면서도 해맑게 웃으면서 차 안으로 뛰어들었다.

"오빠! 나 왔어!"

태수가 제시간에 마중 나가지 못한 것을 사과하려는데 혜원이 와락 달려들면서 입을 맞추었다.

혜원은 배고픈 아기가 엄마 젖을 빨듯이 세차게 태수의 혀를 빨면서 불분명한 목소리로 속삭였다.

"보고 싶어서 죽는 줄 알았어……"

태수와 혜원은 광안리의 아담한 모텔로 직행했다.

모텔에 들어가자마자 두 사람은 씻지도 않고 알몸으로 뜨겁게 한 몸이 됐다.

혜원의 아담하고 가녀린 그러면서도 하얀 몸뚱이는 갓 잡아 올린 은어처럼 팔딱거리면서 태수의 품속에서 연신 '여보!

사랑해!'를 외쳐 댔다.

절정에 도달하자 혜원은 눈물을 흘렸다. 태수의 그것이 몸 안에 가득 깊이 들어와서 자신을 황홀경에 빠뜨려서야 그녀는 태수가 진정 내 남자라는 사실을 새삼스럽게 확신했다.

차륵…….

한바탕 격렬한 사랑의 행위가 끝나고 나서 혜원은 위에 태수의 긴팔 얇은 타라 브랜드 티셔츠를 걸치고 창의 커튼을 젖혔다.

어느새 비는 그쳤고, 모텔 5층에서는 밤의 휘황찬란한 광안리 풍경이 한눈에 내려다보였다.

모텔은 길가에 있는데 왕복 2차선 너머가 바로 광안리 해변 백사장이다.

"여기에서 오빠 숙소가 보여?"

혜원은 창을 조금 열어서 찬바람에 열기를 식히면서 왼쪽 마린시티 방향을 쳐다보며 물었다.

태수는 벌거벗은 몸으로 침대에서 내려와 혜원 뒤에 서서 마린시티의 마천루들을 가리켰다.

"저기야."

"뾰족하게 생긴 거?"

"아니, 그건 아이파크고 그거 오른쪽에 다이아몬드처럼 생긴 건물이야."

"아… 저거? 몇 층이야?"

"85층."

"오빠 오피스텔이 85층에 있어?"

"아니. 80층이야."

"굉장하구나."

슥…….

태수는 뒤에서 혜원을 안고 티셔츠 안으로 손을 넣어 그녀의 부드러운 가슴을 양손에 쥐었다.

조금 전에 사정한 태수의 그것이 혜원의 엉덩이 계곡에 닿으니까 금세 커지더니 단단해졌다.

태수는 무릎을 조금 굽히고 기마 자세를 취했다가 혜원의 계곡 속으로 천천히 밀어 넣었다.

"아……."

혜원의 몸이 활처럼 휘면서 한쪽 팔을 들어 태수의 머리를 감쌌다.

태수는 한 손으로는 혜원의 가슴을 그리고 다른 손으로 은밀한 곳을 문지르면서 허리를 움직였다.

태수는 혜원의 엉덩이를 몹시 좋아한다. 그래서 뒤로 하는 것을 즐겨 한다.

태수에게 길들여진 혜원은 뒤로 공격을 받으면 곧 절정에 도달한다.

두 사람은 캄캄한 창 앞에 선 채로 두 번째 사랑을 나누었다. 격렬했던 첫 번째하고는 달리 두 번째 사랑은 천천히 음미하듯 행해졌다.

태수는 일요일인 다음 날 저녁에 부산역에서 혜원을 떠나보내고 나서 해운대 마린시티 T&L스카이타워로 돌아왔다.

태수의 닉네임 계약 이후 윤미소와 손주열은 휴가를 갔고, 심윤복 감독과 나순덕은 그전 시카고마라톤대회가 끝나고 귀국한 후에 장기 휴가를 떠났다.

민영은 태수의 닉네임을 새로운 브랜드로 사용하는 일로 정신없이 바쁜 상황이다.

척—

태수가 자신의 오피스텔 번호를 누르고 들어가 복도를 따라서 거실로 걸어가자 안쪽에서 TV 소리가 작게 들렸다.

거실에서는 신나라가 트레이닝복을 입고 소파에 덩그렇게 앉아서 TV를 보고 있었다.

"나라 너 혼자 있는 거니?"

"악!"

태수가 불쑥 묻자 신나라는 기절할 정도로 놀라서 비명을 지르며 몸을 웅크렸다.

그녀는 겁에 질린 얼굴로 태수를 바라보다가 쏜살같이 달려와서 와락 안겼다.

"와앙! 선배님!"

태수는 목에 매달려서 우는 신나라의 등을 쓰다듬으면서 놀란 얼굴로 물었다.

"나라야! 무슨 일이냐?"

"엉엉! 선배님 어젯밤에 안 들어와서 무슨 일 있는 줄 알고 걱정했잖아요……!"

태수는 혜원이 부산에 온다는 사실을 아무에게도 말하지 않고 혼자 슬쩍 빠져나갔었다.

"으허엉… 어젯밤에 저 혼자 자는데 무서워서 죽는 줄 알았어요……."

"승연이는?"

태수는 신나라를 소파에 앉히면서 의아한 얼굴로 물었다.

"승연 언니도 어젯밤에 안 들어왔단 말이에요… 흑흑……."

"승연이도?"

태수는 놀랐다. 고승연도 없는 이 큰 오피스텔에서 유달리 겁 많은 신나라 혼자 밤을 보냈다는 생각을 하니까 미안한 생각이 들었다.

철컥—

그때 문 여는 소리가 들려서 태수가 쳐다보니까 고승연이 들어서고 있다.

"승연아! 너 어디 갔었니?"

고승연은 아무 말도 하지 않고 걸어 들어와서 태수 앞에 우두커니 섰다.

그런데 태수가 보니까 고승연의 꼴이 이상했다. 항상 단정한 모습이었는데 지금은 부스스한 몰골에 얼굴에는 피곤한 기색이 역력했다.

태수는 짚이는 게 있어서 고승연의 팔을 잡고 아무 말 없이 현관 밖으로 끌고 나갔다.

"승연이 너 솔직하게 말해라. 너, 어디 갔었어?"

고승연은 우두커니 서서 태수를 응시했다.

"오빠 경호했어요."

"너……."

태수는 뾰족한 짱돌로 정수리를 찍힌 것 같은 표정을 지으며 말문이 막혔다.

"어, 언제부터?"

"오빠가 어제 오후에 T&L스카이타워를 나갔다가 조금 전에 돌아왔을 때까지요."

"그… 럼 너 다 본 거야?"

"다 보진 못했고 대부분 듣기만 했어요."

태수는 당황했다.

"뭐, 뭘 들어?"

"……."

고승연은 대답을 못하고 얼굴이 붉어졌다.

"너 어디 있었던 거야? 모텔에도 따라 들어왔었니?"

"네……."

"그래서 어디에 있었어?"

"오빠 계신 방문 밖에……."

"어휴……."

태수는 기가 막혔다.

고승연은 죄지은 얼굴로 변명했다.

"제가 들은 말은 별로 없어요. 그냥 여보, 사랑해. 여보, 나
죽어. 뭐 그런 말만 방 안에서 들리던데……."

"그, 그만해라, 너."

"읍!"

태수는 급히 손으로 고승연의 입을 틀어막았다.

태수는 혜원을 만나서 행복했으나 그녀에게 전해들은 말
때문에 가슴이 답답해졌다.

사기죄로 고소를 당해서 영양경찰서 유치장에 갇혀 있던
혜원 아버지 남용권 씨를 구명한 돈 20억 원의 출처가 태수라
는 사실이 알려졌다는 것이다.

혜원과 고모 수현은 태수가 시킨 대로 혜원이 다니고 있는 신명증권에서 대출을 받아서 아버지를 구명한 것이라고 둘러댔으나 큰오빠 남중권이 서울 여의도 신명증권에 직접 찾아가서 그런 사실이 없었다는 것을 확인하는 바람에 다 들통이 나버렸다.

이런 상황에 직면하면 대부분의 사람은 그것을 은혜로 알고 무척 고마워하게 되고, 반면에 소수의 사람이 비뚤어진 심성으로 오히려 과거보다 더 도움을 준 사람을 증오하게 되는데, 그런 경우는 매우 드물다.

하지만 안타깝게도 혜원의 아버지 남용권은 후자에 속하는 드문 심성의 소유자였다.

혜원의 말을 들으면 남용권은 태수에게 빚진 돈을 갚으려고 20억 원을 만들기 위해서 가문의 돈이 될 만한 모든 것을 팔아치우고 있다고 한다.

전답은 물론 임야와 조상 대대로 물려받은 선산, 그리고 살고 있는 집까지 매물로 내놓았으며, 그것으로도 모자랄 것 같아서 일가친척이나 안면 있는 사람들에게 돈을 빌리러 동분서주하고 있다는 것이다.

그 말을 들은 태수는 망연자실해서 한동안 아무런 말도 하지 못했다.

태수가 20억 원이라는 큰돈을 내놓은 의도는 단순하고 선량했었다.

사랑하는 혜원의 아버지가 고초를 겪고 있으니까 무조건 구명해야겠다는 마음이었다. 그런데 그게 오히려 혜원 아버지를 더욱 노하게 만들었다고 하니까 태수로서는 그저 벼랑 끝에 서 있는 심정이다.

20억 원으로 남용권 씨의 환심을 사서 태수 자신과 혜원의 관계를 허락받으려는 생각은 추호도 없었다.

그런 진심을 보여줄 수만 있다면 가슴을 확 열어서 보여주고 싶은 심정이다.

그래서 태수는 처음으로 모진 생각을 하게 되었다. 혜원 집안의 허락을 받아서 환영받는 사위로서 결혼을 하려던 생각 같은 것은 접어버리고 이제는 자기도 막 나가는 수밖에 없다는 절박한 생각을 하게 된 것이다.

막말로 태수와 혜원은 성인이니까 결혼이든 뭐든 부모의 허락 없이 마음대로 할 수 있다.

대한민국은 법치국가니까 두 사람의 결혼을 법의 테두리에서 보호해 줄 것이다.

문제는 혜원이 집안과 절연을 해야만 한다는 것인데, 태수가 그렇게 하라고 하면 혜원은 무조건 따를 것이다.

하지만 그건 태수가 못할 짓이다. 혜원 집안에는 태수를 반대하는 아버지와 큰오빠만 존재하는 것이 아니다.

혜원을 극진하게 사랑하는 어머니와 작은오빠도 있으며, 사촌이나 이모들, 고모, 일가친척이 부지기수다. 절연을 하면 그 사람들하고도 영영 만나지 못하거나 서먹한 관계가 될 수밖에 없다.

그렇다고 해서 태수가 혜원하고 헤어진다는 것은 있을 수도 없으며 한 번도 생각해 본 적조차 없다.

만약 태수가 진심으로 그리고 최선을 다해서 노력하는 데도 혜원 아버지와 큰오빠가 끝까지 반대한다면 마지막에는 그런 극단의 방법을 써야만 할 것이다.

"지금 내 생각을 묻는 거야?"

윤미소가 단단한 얼굴로 태수에게 물었다.

"그래."

태수는 씁쓸한 표정으로 고개를 끄떡였다.

태수네 오피스텔 소파에는 태수와 윤미소, 신나라, 고승연이 앉아 있는데 테이블에 놓인 과일에는 아무도 손을 대지 않았다.

태수는 방금 윤미소에게 혜원의 집안에서 매물로 내놓은 임야나 선산, 전답, 집 등을 태수가 다른 사람 이름으로 사들이면 어떻겠느냐고 물었다.

윤미소는 더욱 단호한 표정을 지으면서 태수의 행동이 얼마나 쓸데없는 짓인지를 얼굴로 보여주려고 했다.

"태수 넌 할 만큼 했어. 이제 그만둬. 옛날 말에도 있잖아. 여자하고 불은 자꾸 쑤석거리면 안 돼. 가만히 나둬야 제대로 풀려."

"흠."

"더구나 만약에 말이야……."

윤미소는 자기가 지금 하려는 말이 매우 중요하다는 듯 조금 뜸을 들였다.

"태수 니가 혜원 씨네 재산을 모두 사들였다는 사실을 나중에라도 그쪽 사람들이 알게 되면 어떤 상황이 벌어질 것 같니?"

윤미소는 팔짱을 끼고 몸을 소파 등받이에 기댔다.

"상상해 봐."

그건 상상하나 마나다. 타오르는 불길에 기름을 끼얹는 상황이 될 게 뻔하다.

아마도 대한민국에서 태수보다 더 많은 팬클럽과 팬들을 보유하고 있는 사람은 없을 것이다.

가수나 탤런트, 개그맨, 정치가 등 어느 누구를 막론하고 태수보다 더한 인기를 누리는 사람은 없다.

그러면서도 참으로 다행한 일은 안티팬이 거의 없으면서 또

한 사생팬마저도 없다는 사실이다. 예전에는 다소 있었는데 이제는 아예 없어졌다.

아마도 태수가 한 일, 아니, 이룬 업적에 대해서 호불호가 갈리지 않기 때문일 것이다.

태수의 업적은 국익에 큰 도움이 되고 대한민국의 위상을 세계만방에 떨친 애국적인 일이다.

그러니까 태수에게 안티팬이 생긴다면 그 사람은 반역자나 매국노가 되는 것이다.

또한 사생팬이 태수의 일상생활과 훈련을 방해하여 그게 장차 세계대회에서 좋지 않은 성적을 거두는 일로 이어진다면 그 또한 매국이고 반역이다.

그러니까 태수의 팬인 절대다수의 국민은 그를 괴롭히지 말아야 한다는 생각이 강하다.

그래야지만 태수가 계속해서 세계대회에서 좋은 성적을 거두어 결과적으로 대한민국 국민 모두를 기쁘게 해줄 것이기 때문이다.

그 때문에 태수는 수영강에서의 조깅이나 훈련을 마음 편하게 할 수 있는 것이다.

10월 20일 화요일 이른 아침에 태수는 신나라와 함께 조깅에 나섰다.

10월 11일 시카고마라톤대회 이후 트레드밀에서는 가끔 뛰었지만 로드에 나서는 것은 처음이다.

6시. 아직 동이 트지 않았지만 수영강변은 가로등 시설이 잘돼 있어서 별로 어둡지 않았다.

타타타탁탁탁탁……

태수하고 오랫동안 훈련을 해온 신나라는 오늘은 어떻게 될 것이라고 계획을 말해주지 않아도 잘 따랐다.

처음에는 km당 5분 정도의 아주 느린 속도로 달리면서 몸을 데워 예열을 한다.

2km쯤 달리면 몸이 더워지면서 땀방울이 솟기 시작하는데 이때부터 속도를 조금씩 올려준다.

태수는 9일 만에 로드에서 달리는 건데 몸이 찌뿌듯하거나 다리가 뻐근한 거 없이 날아갈 것처럼 상쾌하다.

"나라야."

"네?"

km당 4분의 속도로 달리면서 태수가 말했다. 조깅이라는 것은 달리면서 옆 사람하고 어려움 없이 대화를 할 수 있을 정도여야 한다.

"시카고에서 잘했다."

"헤헤… 고맙습니다."

신나라는 태수를 바라보며 환하게 미소 지었다. 그녀는 마라톤을 마치 태수를 기쁘게 해주려고, 그에게 칭찬을 받으려고 하는 것 같다.

시카고마라톤대회 남자는 태수가 2시간 3분 22초로 1위를 했고 키메토가 4초 느린 2시간 3분 26초로 2위를, 키트와라가 2시간 4분 33초로 3위를 했다.

대한민국으로 귀화한 에루체, 즉 오주한은 자신의 최고기록과 근사한 2시간 5분 43초로 7위를 했다.

여자는 태수가 예상했던 대로 릴리아 쇼부코바가 2시간 17분 08초로 대회 신기록을 세우면서 우승했다.

여자 마라톤 세계기록은 영국의 폴라 래드클리프의 2시간 15분 25초이고, 시카고마라톤 최고기록은 역시 폴라 래드클리프가 세운 2시간 17분 18초였었다.

릴리아 쇼부코바는 세계기록을 깨진 못했지만 자신의 최고기록인 2시간 18분 20초를 1분 12초나 앞당겼다.

태수는 자신이 예상했던 대로 쇼부코바가 우승하고 대회 신기록을 새로 작성한 것을 이상하게 생각하지 않았다.

그날 쇼부코바가 뛰는 걸로 봐서는 앞으로 폴라 래드클리프의 세계기록을 깬다고 해도 크게 놀라운 일이 아닐 것이다.

티루네시 디바바의 사촌동생인 마레 디바바가 2시간 20분 54초로 2위를, 사촌언니 티루네시 디바바가 2시간 20분 58초로 3위, 그리고 신나라가 2시간 21분 44초로 4위를 기록했다.

신나라는 1, 2, 3위 안에는 들지 못했지만 자신이 베를린마라톤대회에서 세웠던 최고기록 2시간 23분 26초를 1분 42초나 단축했다.

태수는 그걸 칭찬하는 것이다.

신나라는 베를린마라톤대회 3위 상금 5만 유로와 시카고마라톤대회 4위 상금 4만 달러, 그리고 타라스포츠와의 재계약으로 포상금을 받아 총 3억 원 가까운 수입을 올렸다.

"선배님, WMM 여자 우승은 누가 할 것 같아요?"

"글쎄……."

"쇼부코바일까요? 아니면 마레 디바바?"

"한 가지 분명한 사실은 안다."

신나라는 뛰면서 눈을 반짝반짝 빛냈다.

"뭔데요?"

"너는 아니다."

"엣?"

그런데 자전거로 뒤따라오던 고승연이 파안대소했다.

"푸하하하하하!"

아침 식사를 한 후에 오피스텔에서 쉬면서 신문을 뒤적이던 태수의 눈길을 끄는 기사가 있었다.

조선일보인데 소아암을 앓고 있는 8살 남자아이가 병원에서 투병하는 모습을 취재한 내용이다.

백혈병에 걸린 최유민이라는 아인데 머리를 박박 깎은 모습으로 병상에 앉아서 부모하고 함께 손으로 승리의 V를 만들고 찍은 사진이 게재되어 있다.

올해 개최되는 조선일보춘천국제마라톤을 소개하는 기사이며, 42세의 아버지가 아들의 완쾌를 기원하면서 완주를 목표로 이번 '춘마'에 도전한다는 것이다.

태수의 시선을 사로잡은 것은 아이 최유민의 소망이다.

"제가 세상에서 가장 존경하는 사람은 윈드 마스터 한태수 아저씨예요. 우리 아빠는 마라톤을 처음 뛰는 건데 한태수 아저씨가 아빠하고 같이 마라톤을 뛰면서 아빠를 잘 이끌어주셨으면 좋겠어요. 저는 병이 다 나으면 한태수 아저씨처럼 훌륭한 마라토너가 되고 싶어요. 한태수 아저씨 파이팅!"

태수는 잠시 생각하다가 신문을 내려놓고 휴대폰을 집어들어 114에 조선일보 전화번호를 문의했다.

—여보세요. 조선일보입니다.
"아, 저는 한태수입니다."
—누구시라고요?

"마라토너 한태수입니다."

―장난전화하지 마세요.

"여보세요. 저 한태수 맞습니다."

―당신이 한태수면 나는 오바마입니다.

뚝……

전화가 끊어졌다.

태수는 쓴웃음을 짓고는 민영에게 전화했다.

10분쯤 후에 태수 휴대폰에서 민영의 신곡 '윈드 마스터'가 경쾌하게 흘러나왔다.

민영이 제 마음대로 자기 신곡을 태수 휴대폰 컬러링으로 만들어놓은 것이다.

―아… 여보세요. 한태수 씨입니까?

"그렇습니다."

늙수그레한 중저음의 목소리 주인은 자신을 조선일보 무슨 국장이라고 소개를 했다.

*   *   *

10월 25일. 일요일.

가을의 전설 조선일보춘천국제마라톤대회 '춘마'가 열리는 날이다.

풀코스 참가자가 2만여 명이고, 몇 년 전부터 새롭게 신설된 10㎞ 참가자 5천여 명, 도합 2만 5천여 명의 건각이 춘천 공지천 사거리 근처와 그 옆 2개의 운동장과 대로에 구름처럼 운집해 있다.

춘마는 IAAF가 공인한 골드라벨마라톤대회다. 춘마와 더불어 '동마'도 골드라벨마라톤대회이다.

IAAF는 세계 각국에서 열리는 로드레이스 중에서 우수성이 인정되는 대회에 라벨을 부여하여 대회의 품질을 관리하고 있다.

과거 3년간의 남녀 선수 기록과 언론 보도, 중계 규모, 도핑수준, 참가자 수, 협찬사 후원 규모 등 14개 부문을 종합 평가한 뒤 등급을 매겨 마라톤대회의 품질을 관리한다.

부여받은 라벨을 유지하기 위해서는 매년 라벨을 갱신해야 하는데 같은 라벨로 3년 연속 인증을 받은 경우에는 향후 3년간 동일한 라벨을 유지할 수 있다.

대한민국은 춘마와 동마가 골드라벨이고, 중앙일보서울국제마라톤대회 '중마'와 대구국제마라톤대회가 실버라벨이다.

세계적으로 1년에 약 1,000개의 대규모 마라톤대회가 개최되는데 그중에서 라벨 인증을 받은 대회는 골드, 실버, 브론즈를 합쳐도 100개를 넘지 않는다.

골드와 실버는 국제 엘리트 부문이 반드시 포함되어야 하며 국적이 다른 남자 선수 5명과 여자 선수 5명 이상이 출전해야 한다.

국적뿐만 아니라 참가하는 선수들의 IAAF에서 인정하는 공인 기록이 라벨 색깔을 가르는 데 중대한 영향을 미친다.

'춘마'는 이번 대회에 현 마라톤 세계기록을 보유하고 있는 한태수가 참가함으로써 골드라벨을 향후 3년간 자동으로 보상받게 되었다는 후문이 있다.

공지천 옆 나란히 붙어 있는 2개의 축구장 중에 한곳에 주최 측인 조선일보 텐트가 자리 잡고 있으며, 그곳에 태수와 민영 등 소위 태수 군단이 늠름하게 모여 있다.

원래 태수는 6월에 타라스포츠와 계약을 하면서 춘마에 엘리트 선수로 참가 신청을 해두었었다.

그러나 베를린마라톤대회에 이어서 시카고마라톤대회에 연달아 참가를 했고, 11월 7일에 개최되는 뉴욕마라톤대회에도 출사표를 던져놨기 때문에 춘마에는 나갈 수 없는 상황이었다.

그렇지만 태수는 우연히 신문에서 백혈병을 앓고 있는 최유민 어린이의 기사를 읽고는 춘마에서 뛰기로 결심했다.

물론 엘리트 선수로서가 아니라 마스터즈 그룹에서 최유민 어린이의 아빠와 나란히 뛴다.

그리고 민영과 신나라, 손주열도 태수가 속한 그룹에서 함께 달릴 계획이다.

주최 측 부스 안에는 최유민과 최유민의 엄마, 아빠가 미리 와서 기다리고 있다가 태수를 반갑게 맞이했다.

태수는 쓰고 있는 선글라스와 마스크를 벗고 유민에게 다가갔다.

박박 깎은 머리에 병색이 완연한 창백한 얼굴의 유민은 태수를 보면서 환하게 미소 지었다.

"안녕? 네가 유민이구나."

태수는 유민을 번쩍 들어서 안았다. 유민은 두 팔로 태수의 목을 감싸며 부끄러운 표정을 지었다.

"윈드 마스터 한태수 아저씨를 직접 만나서 꿈을 꾸는 것 같아요."

태수는 민영이 들고 있는 타라스포츠의 신상품 윈드 마스터 야구 모자를 받아서 유민의 머리에 씌워주었다.

그러고는 유민의 뺨을 어루만지며 훈훈하게 미소 지었다.

"유민이는 틀림없이 건강해질 거야."

"헤헤… 그럴 거예요."

유민이 환하게 웃는 것을 보고 엄마 아빠는 감동의 눈물을 주체하지 못했다.

태수는 유민 아빠가 보일러 배관 일을 하고 엄마는 식당에서 일하고 있는데 유민이 발병한 이후 엄마가 식당일을 그만두고 유민을 간호하고 있으며 치료비가 감당할 수 없을 만큼 비싸다는 말을 들었다.

태수는 유민을 안은 상태에서 유민 아빠 최영환에게 손을 내밀어 악수를 청했다.

최영환은 눈물을 흘리면서 두 손으로 태수의 손을 잡고 고개를 숙였다.

"고맙습니다. 고맙습니다……"

그는 울먹이며 고맙다는 말만 되풀이했다.

"유민이 건강해질 때까지 치료비를 제가 부담해도 괜찮겠습니까?"

"……"

최영환은 크게 놀라서 아무 말도 못하고 태수를 쳐다보았다.

"허락해 주세요. 저는 유민이를 꼭 건강하게 만들고 싶습니다."

"흑!"

최영환은 말을 못하고 울음을 터뜨렸다.

민영이 옆으로 다가와서 유민의 뺨을 쓰다듬으며 미소를 지었다.

"유민 아버님은 우리 타라스포츠에서 정규 사원으로 특채를 할까 하는데 어때요?"

"저는……."

갑자기 밀어닥친 행운에 유민 부모는 아무 말도 못하고 그저 눈물만 펑펑 흘렸다.

"한태수 씨."

그때 조선일보 사장 방상준이 정중하게 태수를 부르며 가까이 다가왔다.

"만나서 반갑습니다."

방상준은 환하게 미소 지으며 태수에게 손을 내밀었다.

태수와 악수를 하고 나서 방상준이 부스 한쪽을 가리켰다.

"한태수 씨를 만나고 싶어 하는 사람이 또 있습니다."

태수는 방상준이 가리킨 쪽을 보다가 어? 하고 놀라는 표정을 지었다.

"Hey! Wind master!"

환하게 웃으면서 다가오는 사람은 산뜻한 트레이닝복을 입은 티루네시 디바바다. 그리고 그 옆에는 사촌동생인 마레 디바바도 미소 짓고 있다.

태수가 유민을 최영환에게 건네주자 티루네시는 태수를 포옹했다.

"Tirunesh, What brings you here(티루네시, 여긴 웬일입

니까)?"

그동안 줄곧 영어 개인 교습을 받아온 태수의 영어 실력은 제법 쓸 만해졌다.

"I was dying to see you(당신이 보고 싶어서 죽을 지경이었어요)."

태수는 빙그레 미소 지으며 티루네시의 등을 두드렸다.

"하하하! 농담이 늘었군요."

티루네시는 포옹을 풀고 진지한 표정을 지었다.

"농담하는 거 아니에요. 그리고 당신에게 부탁할 일이 하나 있어요."

"뭡니까?"

"나중에 얘기해요."

티루네시는 주위를 둘러보고 나서 묘한 미소를 지었다.

춘마 사회자 개그맨 배동성이 단상에서 큰소리로 외쳤다.

"2015년 춘마에 참가하신 달림이 여러분! 오늘 굉장한 분이 오셨습니다! 누군지 알아맞히는 사람에겐 춘마 평생 무료참가 권을 드리겠습니다!"

배동성은 단상 뒤쪽에 도열해 서 있는 유명 인사 중에 조선 일보 사장 방상준을 돌아보았다.

"사장님, 괜찮으시겠죠?"

방상준이 손가락으로 오케이 사인을 만들어 보였다.

"자! 사장님이 오케이하셨으니까 어떤 분이 왕림하셨는지 알아맞히기만 하면 됩니다! 오늘 왕림하신 굉장한 분이 누군지 아시는 분 없습니까?"

배동성의 말에 여기저기에서 별별 이름이 다 튀어나왔지만 맞히는 사람이 없다.

배동성은 그럴 줄 알았다는 둥 몇 마디 웃기는 말을 하더니 단상 뒤쪽을 가리키며 신나서 외쳤다.

"여러분! 대한민국이 낳은 진정한 월드스타! 마라톤 영웅! 윈드 마스터 한태수 씨를 소개합니다!"

계단으로 태수가 올라와 공지천에 운집한 2만 5천여 달림이에게 꾸벅 인사를 하자 정말 춘천이 떠나갈 것처럼 우레 같은 함성이 터져 나왔다.

와아아아아—

한참 후에 함성이 가라앉고 나서 배동성은 태수가 춘마에 참가하게 된 동기를 설명했다.

와와와아아아아!!!

설명이 끝나자 조금 전보다 훨씬 더 큰 함성이 천둥처럼 터졌다.

뒤이어 글로벌 스타 민영과 세계 중장거리의 살아 있는 신화이며 '아기 얼굴을 가진 파괴자' 티루네시 디바바와 마레 디바바 자매가 차례로 소개되었다.

춘마는 그야말로 출발하기 전부터 참가자와 가족 수십만 명을 흥분의 도가니에 빠뜨렸다.

춘마가 시작됐다.

국내 엘리트 선수들과 세계 여러 나라에서 온 엘리트 선수들이 제일 먼저 출발하고 그다음에 A그룹이 뒤따랐다.

A그룹은 풀코스를 3시간 안에 골인한 기록이 있는 서브—3 고수들이고, 그다음이 B그룹, C그룹 순서다.

풀코스 기록이 없는 참가자들은 맨 뒤 H그룹에 대거 포함되었다.

태수는 H그룹에서 유민 아빠 최영환 씨와 동반주를 하면서 출발했다.

태수와 함께 민영, 신나라, 손주열, 티루네시 디바바, 마레 디바바도 무리를 이루어 함께 뛰었다.

국내외의 여러 방송사는 춘마 엘리트 선수들보다 태수 일행을 중계방송하는 데 더 열을 올렸다.

태수는 그저 조용하게 유민 아빠와 동반주를 해주어 완주하는 것으로 유민을 기쁘게 해주려고 했는데 일이 크게 돼버려서 기분이 씁쓸했다.

태수와 민영이 나란히 달리면서 참가자들에게 가장 많이 들게 된 말은 두 개다.

"두 분 잘 어울립니다!"

"언제 결혼합니까?"

어쨌든 태수 일행과 최영환은 무사히 풀코스를 완주했으며 기록은 4시간 45분 15초다. 그 정도면 완주자 중에서 중간 정도 성적이다.

태수 일행은 춘마가 끝나자마자 부랴부랴 부산으로 직행했다.

타라스포츠 마라톤팀 전용 버스로 이동했으며 버스에는 태수를 비롯한 일행 모두와 티루네시 디바바, 마레 디바바까지 탔다.

태수를 비롯한 춘마 풀코스를 뛴 사람들은 버스 안의 응접실처럼 꾸며진 곳에서 타라스포츠 소속 전문 마사지사들에게 마사지를 받으면서 대화를 나누었다.

그제야 티루네시 디바바는 옆에 있는 태수와 민영에게 그 부탁이라는 것을 얘기했다.

티루네시와 마레는 할아버지가 같다. 그런데 그 할아버지는 오래전에 에티오피아 황실근위대 소속 장교로서 한국전쟁에 참전한 참전 용사였다고 한다.

할아버지를 비롯한 에티오피아군은 화천군 적석산 전투에

서 650여 명의 사상자를 내는 등 한국전쟁 동안 많은 공을 세우고 휴전 이후 고국으로 돌아갔다.

이후 에티오피아에는 공산정권이 들어서 한국전쟁에 참전했던 군인들과 가족들을 심하게 탄압했다.

에티오피아 국민 대다수가 극빈층이지만 한국전쟁에 참전했던 참전 용사들의 가족들은 최극빈층으로 전락하여 온갖 고통과 굶주림에 허덕여야만 했었다.

티루네시의 설명을 보충하자면, 한국전쟁이 발발하자 에디오피아는 1951년 4월 황실근위대인 강뉴부대를 파병한 것을 시작으로 약 6천 명의 군인을 파병했다.

이들은 미 제7사단 32연대에 배속되어 전투에 참가하여 치열한 격전을 펼쳤으며, 최정에 부대답게 용맹하게 싸워서 단 한 명의 포로도 없이 253전 253승이라는 대기록을 세웠다.

또한 전쟁고아들을 위해 동두천에 '보화고아원'을 설립하였으며, 휴전 후에는 전후 복구에 크게 도움을 주면서 단계적으로 철수를 했다.

티루네시의 할아버지 타슈메 디바바는 한국전쟁 당시 동두천에 보화고아원을 설립하는 데 앞장섰으며, 당시 거리에서 혼자 울고 있는 전쟁고아 7살짜리 여자아이를 그가 직접 거두어 자신의 부대로 데리고 갔었다.

타슈메는 여자아이를 딸이나 조카처럼 예뻐하면서 부대에

서 같이 4개월 동안 생활하다가 귀국하기 전에 보화고아원에 데려다주었다.

여자아이의 이름은 '송은하'라고 하며, 그동안 타슈메하고 정이 흠뻑 든 송은하는 떨어지지 않으려고 자기도 에티오피아에 데려가 달라면서 발버둥 치며 울었다고 한다.

에티오피아로 귀국한 타슈메는 은하를 데려오기 위해서 백방으로 노력했으나 뜻을 이루지 못하다가 에티오피아가 공산화되면서 오랜 세월 동안 감옥에 갇히게 되었다.

티루네시는 할아버지 타슈메가 자신의 양딸이라면서 송은하에 대한 얘기를 자주 했으며, 늘 은하를 한 번만 보고 죽으면 소원이 없겠다는 말을 입에 달고 살았다는 것이다.

그래서 티루네시의 부탁은 태수가 손을 써서 송은하라는 사람을 찾아달라는 것이다.

마린시티 T&L스카이타워 1층 상가 가장 목 좋은 곳에 감자탕을 하는 음식점이 오늘 오픈을 한다.

식당 이름은 '트리플맨'.

감자탕집 '트리플맨'은 오픈 특별 행사를 열었다. 마라톤 월드챔피언 트리플맨 한태수가 '트리플맨'에서 식사를 한 손님에 한해서 타라스포츠 신상품인 'TWRM' 티셔츠에 그 자리에서 직접 사인을 해주고 있다.

50평 규모의 감자탕집 안은 바늘 하나 꽂을 자리가 없을 만큼 손님들로 만원이고, 식당 밖에는 빈자리가 나길 기다리는 사람들이 만든 줄이 몇십 미터에 달했다.

'트리플맨'은 윤미소가 일찌감치 상표등록을 했기 때문에 아무나 사용하지 못한다.

감자탕집 '트리플맨'은 밤 10시에 영업을 마쳤다.

식당 정리를 마친 후에 식낭의 방에는 테이블을 여러 개 붙여놓고 여러 사람이 모여 앉았다.

테이블 둘레에는 태수를 비롯한 태수 군단과 심윤복 감독, 나순덕, 티루네시와 마레 디바바 자매까지 둘러앉았으며, 한쪽에는 고승연과 그녀의 아버지, 그리고 고승연의 동생인 고등학생, 중학생, 초등학생 3명이 앉아 있다.

고승연의 아버지 앞에는 오늘 번 매출액이 5만 원과 만 원, 5천 원, 천 원짜리별로 차곡차곡 수북하게 쌓여 있다.

"오늘 번 돈이 전부 13,730,000원입니다."

고승연 아버지 고흥식이 태수를 바라보면서 떨리는 목소리로 말했다.

한쪽에 앉아 있는 지배인이 웃는 얼굴로 거들었다.

"이것저것 다 제하면 순수익이 3~4백만 원은 될 겁니다."

태수는 빙그레 미소 지으면서 두 손을 뻗어 고흥식의 두 손을 잡았다.

"축하합니다."

"뭐라고 말씀을 드려야 할지……."

고흥식은 우느라고 말을 잇지 못했다. 고승연이나 3명의 아이도 벌써 눈물범벅이다.

태수는 고승연 가족에세 마린시티에서 가까운 근처에 45평짜리 아파트도 마련해 주었다.

"승연이는 제 목숨을 두 번이나 구해주었는데 그거에 비하면 이건 약소한 겁니다."

태수의 말에 나이에 비해서 겉늙어 보이는 고흥식은 눈물을 흘리며 고개를 가로저었다.

"아닙니다. 승연이는 경호원으로서 제 할 일을 다한 것뿐입니다. 그런데 이건 정말……."

태수는 고흥식의 두 손을 잡은 손에 힘을 주었다.

"잘사십시오. 그러면 됩니다."

"그러겠습니다… 정말 고맙습니다."

고흥식은 고개를 숙여 태수 손에 이마를 대고 절절한 목소리로 말했다.

숙소로 올라가는 엘리베이터 안에서 심윤복 감독이 진지한 얼굴로 태수에게 말했다.

"이번 뉴욕마라톤대회에 복병이 출전한다는 은밀한 얘기가 돌고 있다."

"누굽니까?"

태수는 대수롭지 않다는 듯 물었다.

"일본인이다."

"일본이요?"

태수는 솔직히 갑잖다는 표정을 지었다.

"니시무라 신지나 이마이 마사토는 아니겠지요?"

"아니다."

"제가 신경 써야 하는 선수입니까?"

"신경을 써야 할지 말지는 내 말을 듣고 니가 정해라."

"말씀하십시오."

심윤복 감독의 얼굴이 더 굳었다.

"이름은 무사시노 기무라(武藏野木村). 22세. 두 달 전에 비공인 세계 2위 기록을 깼다고 한다."

비로소 태수 얼굴에 놀라움이 떠올랐다.

"세계 2위요?"

"그래. 2시간 3분 19초다."

"정말입니까? 비공인이라면서요?"

세계기록은 베를린마라톤대회에서 수립한 2시간 2분 45초로 태수가 갖고 있으며, 2위 기록은 역시 태수가 시카고마라톤대회에서 세운 2시간 3분 22초다.

만약 무사시노라는 선수가 정말 2시간 3분 19초를 기록했다면 태수의 2위 기록을 3초 단축한 것이다.

"비공인이라고 해도 믿을 만한 정보다. 그리고 일본육상계에서는 그 일을 비밀로 하고 쉬쉬한다더라."

"왜요?"

"이번 뉴욕마라톤대회에서 터뜨린다는 거다."

"흠."

심윤복 감독은 태수의 등을 두드렸다.

"태수 넌 지금 시카고마라톤에서의 누적 피로도 제대로 풀리지 않은 상태다. 그런데다가 펀런이긴 해도 오늘 춘마까지 뛰었다."

"LSD 수준이었습니다."

"어쨌든 무사시노는 쌩쌩한 상태고 너는 좋지 않은 몸 상태다. 내일부터 초테이퍼링에 들어간다."

"그게 뭡니까?"

"오늘부터 열흘 동안 니 몸을 나한테 송두리째 맡긴다는 뜻이다."

제27장
돌풍 예고

태수 일행이 탄 대한항공 뉴욕행 비행기는 11월 4일 오전 11시에 인천공항을 이륙했다.

태수 군단과 심윤복 감독, 나순덕은 모두 1등석에 탑승했으며, 타라스포츠 마라톤 지원팀과 타라스포츠 영업, 판촉 사원들은 비즈니스석과 이코노미석에 분승했다.

그리고 대한민국 육상계와 방송사 취재기자까지 모두 합쳐서 100명이 훌쩍 넘기 때문에 비행기가 마치 태수 일행 전세기 같았다.

태수 측근들이나 디바바 자매 모두들 태수하고 가까운 자리에 앉으려고 치열한 경쟁을 벌였으나 아무도 민영의 파워를 이기지 못했다.

"뉴욕하고는 시차가 13시간이야. 시계 미리 맞춰두는 게 좋아, 오빠."

아프로디테 공연 때문에 뉴욕을 많이 다녀왔던 민영이 옆 자리에 앉아서 자상하게 일러주었다.

"여긴 지금 11월 4일 오전 11시지만 뉴욕은 11월 3일 밤 10시 야."

태수는 기내식을 먹자마자 곧바로 잠이 들어버렸다. 장소 불문, 시간 불문하고 머리를 어디에 대기만 하면 잠드는 그의 습관은 비행기라고 예외가 아니었다.

태수 일행은 뉴욕의 부촌으로 알려진 어퍼이스트(Upper East)에 둥지를 틀었다.

재 뉴욕한인회의 어르신 한 분이 3층 저택을 통째로 빌려 주셨기 때문에 가능했다.

티루네시와 마레 디바바 자매는 태수에게 또 다른 용건이 있었다.

그동안 티루네시는 세계적 스포츠브랜드인 아디다스하고 계약관계였으나 지난번 베이징세계육상선수권대회가 끝나고 나서 계약 기간이 종료됐기 때문에 새로운 스폰서를 찾고 있었다.

그러다가 베이징과 베를린, 시카고에서까지 함께 뛰면서 태수하고 많이 친해져서 이왕이면 태수가 소속된 타라스포츠하고 계약을 맺고 싶다고 했다.

티루네시는 근년에 들어서 그다지 썩 기록이 좋지 않았다. 자신이 세운 세계기록이나 대회기록에도 미치지 못하는 성적 때문에 세계 육상계에서는 티루네시의 시대가 저물었다는 둥, 재기 불능이라는 둥 쓴소리들을 해댔다.

그렇지만 '티루네시 디바바'라는 명성만큼은 아직도 세계 육상계에서 먹히고 있다.

그렇다고 해도 전성기 때의 쩌렁한 명성에는 비할 바가 못된다.

그래서 이번에 아디다스에서도 재계약 얘기를 꺼내면서 예전 계약금의 30%에 포상금이나 연봉도 형편없는 수준으로 제시했다.

그러나 티루네시는 아디다스와의 재계약을 잠시 보류하고 태수를 통해서 타라스포츠하고 협상을 해보려는 것이다.

그런데 그녀는 계약금 등 금액에 관한 것은 아디다스와 엇비슷해도 상관이 없다는 입장이다.

대신 조건 하나를 내놓았다. 자신과 사촌동생 마레를 대한민국으로 귀화시켜 달라는 것이다.

대한민국 육상계는 케냐 선수 에루체를 한 차례 귀화시킨 전적이 있다.

아직 검증이 덜 된 에루체도 귀화를 허락했는데 전설적인 명성의 티루네시와 지난해 시카고마라톤대회 여자부 우승자이며 아직 23살로 젊기 때문에 전도양양한 마레의 귀화를 허락하지 않을 리가 없다.

문제는 계약금과 포상금, 성과금, 연봉, 그밖에 옵션을 협상하는 것인데 타라스포츠로서는 티루네시라는 거물과의 계약을 일단 반기면서도 한편으론 어떻게 대우해야 할지 조금 난감했다.

올해 뉴욕마라톤의 공식 스폰서는 아식스다. 아식스는 미즈노와 더불어서 일본의 글로벌 스포츠브랜드이며 전 세계의 굵직한 마라톤대회의 30% 이상을 후원하고 있다. 아식스처럼 공격적인 마케팅을 하는 스포츠브랜드는 없다고 해도 과언이 아니다.

타라스포츠는 신생 중에서도 신생 브랜드이기 때문에 메이저마라톤대회 같은 곳에는 명함조차 내밀지 못했다.

그렇지만 타라스포츠에겐 2개의 강점이 있다. 하나는 세계에서 TWRM 트리플맨으로 통하는 태수를 소속 선수로 보유하고 있다는 사실이고, 또 하나는 하루가 다르게 급성장하고 있는 무시무시한 성장세다.

업계에서는 올해 6월에 출범한 타라스포츠가 올 연말 총결산이 끝나고 나면 어쩌면 세계 20대 스포츠웨어브랜드에 진입하지 않겠느냐고 조심스러운 전망을 내놓고 있을 정도로 타라스포츠의 성장세는 소름이 끼칠 정도다.

아직까지는 타라스포츠가 대한민국에서 75%로 압도적이고, 이웃 중국 43%, 아식스와 미즈노가 버티고 있는 일본 15%, 그리고 동남아 27%의 점유율을 기록할 정도로 아시아권에서만 강세를 보이고 있어서 기존 메이저 브랜드들에 비할 바가 못 된다.

참고로 세계스포츠웨어 부동의 1위는 나이키다. 나이키의 아성은 너무도 견고해서 아무도 넘볼 수가 없다.

2위는 아디다스고 3위는 리복이다. 리복은 원래 영국 브랜드였으나 2006년에 아디다스가 인수했다.

하지만 아디다스는 리복하고 합친 매출로도 나이키를 능가하지 못한다.

4위는 퓨마, 5위 휠라, 6위 캔버스, 7위 뉴발란스, 8위 K—스위스, 9위 아식스, 10위는 영국의 하이텍이다.

이번에 태수와 함께 뉴욕에 온 타라스포츠 직원들은 내년 보스턴마라톤대회와 시카고, 뉴욕마라톤대회 후원사로 타라스포츠를 선정시키기 위해서 발 빠르게 부지런히 관계자들을 만나는 등 포석을 깔고 있다.

다음 날 11월 5일 이른 아침에 태수 일행은 어퍼이스트에서 가까운 강 동쪽 끝자락의 칼 슐츠 공원(Carl Schurz Park)으로 아침 훈련을 하러 나갔다.

태수와 티루네시 세계기록 보유자가 2명이나 있기 때문에 뉴욕 경찰의 경호가 삼엄했다. 태수와 티루네시가 보유한 세계기록을 합하면 도합 7개다.

이 공원은 잘 알려져 있지 않아서 아는 사람들만 찾는 호젓한 곳이라고 해서 태수 일행이 훈련 장소로 정했다.

오늘 아침 조깅에는 이번 뉴욕마라톤에 참가하는 사람이 전부 나왔다.

즉, 태수와 신나라, 손주열, 그리고 티루네시, 마레 디바바 5명이다.

"I have something to tell you(태수 씨에게 할 말이 있어요)."

공원의 오솔길을 걸어가면서 티루네시가 태수에게 넌지시 말했다.

태수는 옆에 바짝 붙어서 걷고 있는 신나라에게 먼저 가라는 손짓을 하고는 티루네시에게 고개를 끄떡였다.

"말해봐요."

티루네시는 태수하고 단둘이 걸으면서 매우 진지한 표정을 지었다.

"나는 요즘 성적이 좋지 않아요. 하지만 내가 나이 들었다거나 한물갔다는 생각은 하고 싶지 않아요."

티루네시의 말에 태수는 대뜸 한 여자 선수가 떠올랐다.

"쇼부코바는 35살이에요. 그런데도 이번 시카고마라톤에서 대회기록으로 우승했습니다."

티루네시는 29살이다.

"쇼부코바가 내 롤모델이에요."

태수는 뜻밖이라는 표정을 지었다.

"폴라 래드클리프가 아니고요?"

"주법과 경기에 임하는 자세는 쇼부코바가 더 완고하고 강인해요. 그리고 자세도."

태수는 폴라 래드클리프가 달리면서 심하게 머리를 흔드는 모습을 떠올리고는 미소를 지었다.

"그렇겠군요."

"시카고마라톤대회 때 쇼부코바가 태수 씨하고 줄곧 동반주하는 걸 봤어요."

태수는 그때 상황에 대해서 영어가 되는 한 티루네시에게 자세히 설명해주었다.

"그럴 줄 알았어요."

"뭐가 말입니까?"

"태수 씨가 쇼부코바의 페메를 해주고 어드바이스를 해주었기 때문에 그녀가 좋은 기록을 낸 거예요."

태수는 손을 저으며 웃었다.

"하하하! 그건 쇼부코바의 실력입니다."

"그때 만약 내가 태수 씨하고 나란히 달렸다면 내가 우승했을지도 몰라요."

"날 너무 과대평가하는군요."

티루네시는 유난히 긴 손가락 하나를 세우고 좌우로 까딱까딱 흔들었다.

"태수 씨 자신을 비롯해서 저 여자 신나라, 그리고 저 남자 손주열 세 사람은 대회를 거듭할수록 다 기록이 점점 좋아졌어요."

태수는 티루네시가 태수 자신과 신나라, 손주열까지 자료를 검토했다는 사실을 깨달았다.

티루네시는 신나라와 손주열을 차례로 가리키며 설명했다.

"저 여자는 태수 씨를 만나기 전에는 그냥 아무것도 아닌 존재였어요. 그런데 불과 두 달 만에 정상급 클래스로 성장했어요. 그리고 저 남자는 태수 씨를 만나기 전에는 2시간 15분대 기록이었는데 태수 씨와 한 팀이 되고 나서 대단한 성장을 했어요."

티루네시는 오솔길 옆에서 갑자기 다람쥐 한 마리가 튀어나

오는 바람에 깜짝 놀라서 태수 팔을 붙잡았다가 다시 말을 이었다.

"저 남자 호주 골드코스트마라톤대회에서는 2시간 11분을 기록했고 일본 북해도마라톤대회에서는 2시간 10분, 베이징세계육상선수권대회 마라톤에서 2시간 9분, 그리고 베를린마라톤대회에서는 2시간 8분대로 매 대회마다 1분씩 단축하면서 급성장했어요."

태수는 티루네시가 너무도 정확하게 조사를 했다는 사실에 꽤 놀랐다.

"그래서 요점이 뭡니까?"

태수는 적당한 말을 찾지 못해서 그렇게 불쑥 물었다.

아니나 다를까 태수의 단도직입적인 말에 티루네시는 움찔 놀라는 것 같더니 잠시 생각하다가 더욱 진지한 표정을 지었다.

"나도 저 사람들처럼 강해지고 싶어요."

티루네시는 걸음을 멈추고 한국인이 하듯 태수를 향해 고개를 숙였다.

"부탁해요. 나를 훈련시켜 줘요."

육상계의 전설적인 여자가 이제 막 마라톤을 시작한 남자에게 고개를 숙이고 자신을 낮추면서 부탁을 하는 것은 쉬운 일이 아니다.

타타탁탁탁탁탁……

태수 등은 허드슨 강 강변에 죽 이어진 멋들어진 존 핀리 길을 달렸다.

태수는 티루네시의 부탁을 들어줄 생각이 없다. 내 코가 석 자인데 그녀를 훈련시켜 줄 여유가 어디에 있겠는가.

만약 티루네시가 타라스포츠와 계약을 하여 한솥밥을 먹는 처지가 된다면 훈련 정도는 함께할 수 있다.

태수가 신나라와 손주열을 훈련시키는 것은 두 사람과 막역한 사이가 됐기 때문이다.

그런 것이 사람의 관계다. 구태여 생텍쥐페리의 어린왕자와 여우의 이야기를 들먹이지 않더라도 태수와 티루네시는 아직 친한 사이가 아니다.

누가 누굴 길들여야 하는지는 모르지만 태수가 티루네시를 길들이지 않는 것만은 분명하다.

탁탁탁탁탁탁탁……

태수를 비롯하여 신나라와 손주열, 티루네시, 마레 5명은 허드슨 강 옆으로 뻗은 존 핀리 길을 처음에는 km당 4분 페이스로 천천히 달렸다.

언제나 그랬던 것처럼 태수 옆에는 신나라가 나란히 달리고 뒤에 손주열, 그리고 맨 뒤에 티루네시와 마레 디바바가 따라오고 있다.

얼마 전의 시카고마라톤대회에서 2, 3, 4위를 했던 여자 선수 3명이 지금 여기에서 달리고 있다.

이틀 후가 뉴욕마라톤대회 당일이기 때문에 오늘 무리를 할 필요가 없다.

가볍게 몸을 푸는 정도면 된다. 그리고 마지막에 3~4km 정도 전속력으로 달려주면 더 좋다.

투투투투투—

맨 뒤에서 고승연이 할리데이비슨을 타고 묵직하게 뒤쫓고 있다.

태수 일행이 달리고 있는 존 핀리 길 곳곳에서 뉴욕 경찰들이 무장한 채 지키고 있지만 고승연은 태수는 자기가 직접 경호해야 한다는 철칙을 갖고 있다.

검은 가죽재킷을 입은 고승연은 재킷 안에 홀스터(Holster:권총 벨트)를 차고 있으며, 거기에는 M92 베레타권총이 들어 있다.

경호원 라이센스와 국제총기소지허가증을 보여주니까 뉴욕 경찰이 권총을 대여해 주었다.

지금 강변길을 달리고 있는 사람들은 손주열을 제외하고는 대단한 체력과 정신력의 소유자들이다.

이들 4명은 베를린마라톤대회에 이어서 시카고마라톤대회

를 완주했으며, 이제는 뉴욕마라톤대회까지 달리려 하고 있는 것이다.

태수는 4㎞쯤 달리다가 방향을 꺾어 출발했던 곳으로 다시 달렸다.

태수는 문득 티루네시가 전속력으로 달리는 모습이 보고 싶어졌다. 그녀의 스피드는 타의 추종을 불허하는 것으로 알려져 있다.

중장거리에서 티루네시가 스퍼트를 해서 달리면 아무도 따라오지 못하고 뒤처진 선수들과의 거리가 쭉쭉 벌어진다.

출발했던 지점이 3㎞쯤 남았을 때 태수는 달리는 속도를 높이면서 외쳤다.

"풀 스피드!"

탓탓탓탓탓탓탓탓─

맨 뒤에서 달리던 티루네시가 앞으로 쭉쭉 달려 나가기 시작했다.

태수가 '풀 스피드'라고 외치자마자 신나라와 손주열, 마레까지 동시에 스퍼트를 했지만 아무도 순간 속도에서 티루네시를 이기지 못했다.

심지어 티루네시는 태수마저도 추월하여 바람처럼 달렸다.

태수는 속도를 내면서 티루네시를 바짝 쫓으며 그녀의 달리는 모습을 관찰했다.

태수는 여자 중장거리의 전설이라 불리는 티루네시 디바바의 달리는 모습을 이렇게 가까이에서, 그리고 뒷모습을 본 적이 없었다.

탓탓탓탓탓탓—

티루네시가 전속력으로 달리는 뒷모습은 매우 인상적이다. 아니, 충격적이라고 말해야 맞다.

일단 티루네시의 속도는 태수가 봤을 때 ㎞당 2분 30초는 되는 것 같았다.

시속 23.95㎞/h, 초속 6.65m/s.

10초에 무려 66.5m를 간다는 뜻이다. 마치 단거리 선수처럼 달리고 있다.

물론 태수도 스퍼트를 하면 ㎞당 2분 30초 이상의 속도로 달릴 수가 있다.

그런데 신장 162㎝, 체중 48㎏밖에 안 되는 여자가 그런 속도로 달린다는 사실이 태수는 눈으로 보고 있으면서도 믿기 어려웠다.

더구나 그렇게 빠른 속도로 몇백 미터를 달리는 것도 아니고 1,500m나 3,000m 선수처럼 중거리를 달리고 있다.

티루네시의 발뒤꿈치는 확실하게 엉덩이를 차고 있다. 옆에서 봐야 제대로 알 수 있겠지만 뒤에서 봤을 때는 발뒤꿈치가 엉덩이에 닿는 것 같다.

저런 파워풀한 동작은 100m나 200m 단거리 선수들에게서 볼 수가 있다.

타타타타탁탁탁탁—

태수는 조금 속도를 높여서 티루네시의 오른쪽으로 치고 나가 다시 살펴보았다.

티루네시가 태수를 힐끗 보더니 살짝 미소를 지으면서 속도를 더 높였다.

탓탓탓탓탓탓탓탓—

티루네시의 발걸음 소리는 매우 경쾌했다. 그녀는 km당 2분 20초로 속도를 올린 상태에서도 얼굴은 조금도 힘들어 하는 표정이 아니다.

티루네시의 발걸음 소리는 대다수의 선수가 땅을 디딜 때 나는 둔탁한 소리가 아니다.

이건 발바닥이 땅에 닿는 마찰면이 작을 때 나는 소리가 분명하다.

그녀는 발 중간이 바닥에 닿는 미드풋 착지를 하면서도 마치 케냐 선수들의 발 앞부분 착지인 프론트풋 착지처럼 발걸음 소리가 작았다.

그것은 발바닥이 바닥에 닿을 때 체중이 온전하게 실리지 않아서고 또한 발바닥이 바닥에 닿는 시간이 매우 짧다는 뜻이다.

"······."

2m 거리에서 티루네시의 달리는 옆모습을 지켜본 태수는 무언가를 발견하고 얼굴 가득 놀라움이 떠올랐다.

티루네시의 보폭이 장난 아닐 정도로 넓었다. 태수가 대충 봐도 무려 200㎝는 될 것 같았다.

키가 162㎝인 티루네시의 보폭이 200㎝라는 건 믿기 어려운 일이다.

세계 정상급 남자 선수인 키메토나 마카우, 무타이도 이 정도는 아니었다.

물론 태수도 풀 스피드로 달릴 때 스트라이드가 커지기는 하지만 자신의 키 178㎝에 비해서 30㎝ 커지는 정도다.

그런 점에서는 키메토나 마카우, 무타이도 별반 다르지 않다.

그런데 티루네시는 자기 키에 비해서 무려 40㎝ 가깝게 스트라이드가 커지고 있다.

태수는 티루네시의 머리를 쳐다보았다. 스트라이드가 저렇게 커지려면 점프, 즉 도약을 힘차게 해야 하고, 그러면 머리가 위로 불쑥불쑥 올라가고 내려가는 상하운동이 심하게 되어 체력 소모가 많아진다.

그런데 티루네시의 머리는 태수가 생각했던 것보다 위로 솟구치지 않았다.

옆에서 보면 그냥 잔물결이 일렁이는 것처럼 스무드하게 그래프가 그려진다.

가라앉았을 때와 솟구쳤을 때의 편차가 불과 10㎝ 내외다. 그건 마라토너들의 평균치다.

스트라이드가 커지려면 점프를 힘껏 해야만 하고, 그러면 머리가 위로 솟구치는 게 당연한데도 어째서 그러지 않는 것인지 이상했다.

태수는 이 신비스럽기까지 한 동작의 비밀을 풀기 위해서 티루네시에게서 눈을 떼지 못했다.

결과가 있으면 반드시 원인이 있다. 원인 없는 결과란 있을 수가 없다.

태수는 태수 자신보다 더 물 흐르듯이 유유하게 달리고 있는 것 같은 티루네시의 동작들을 하나씩 뜯어보면서 원인을 찾기 시작했다.

어쩌면 그는 티루네시의 달리는 동작에서 뭔가를 배울 수 있을 것 같다는 예감이 들었다.

그런데 눈에 들어오는 게 하나 있다.

팔 흔들기, 즉 팔치기다.

티루네시는 팔치기를 짧게 한다. 그리고 앞으로 피스톤처럼 뻗는 게 아니라 오른손은 왼쪽 어깨 앞으로, 왼손은 오른쪽 어깨 앞 40㎝ 거리로 뻗었다가 당긴다.

태수는 예전 비디오에서 티루네시의 팔치기를 눈여겨봤었다가 신나라에게 가르쳤던 적이 있었다.

하지만 그때는 티루네시의 팔치기에 담겨 있는 오묘한 이치는 깨닫지 못한 상태였었다.

티루네시는 앞으로 뻗었던 팔을 그냥 당기는 게 아니라 스냅을 주듯이 힘차게 당긴다.

마치 보이지 않는 밧줄을 잡아서 몸을 앞쪽으로 쭉쭉 끌어당기는 것 같은 모습이다.

문득 태수는 처음 성주참외마라톤대회 하프코스에 참가했을 때 조영기 형님이 코치해 주었던 말이 생각났다.

'팔을 흔드는 것은 노 젓기와 같다.'

노 젓는 배는 노를 저어야지만 앞으로 나아간다. 한 번 노를 저을 때마다 배는 몸이 느낄 정도로 쑥쑥 전진한다.

태수는 그런 사실을 이론적으로만 알고 있었을 뿐이지 실제 훈련에서 적용해 본 적은 한 번도 없었다.

태수뿐만이 아니라 대부분의 선수는 그저 무의식적으로 두 팔을 흔든다.

그런데 티루네시는 팔치기를 최대한 활용하고 있다. 팔을 뻗었다가 당길 때 상체가 쑤욱— 하고 앞으로 튀어 나간다. 그것이 반복되니까 거기에서 가속도가 붙는다. 가속도에 가속도를 더하면 배가속도가 된다.

티루네시는 오랜 세월 동안 그 동작이 몸에 배서 그냥 팔을 뻗었다가 당기기만 해도 저절로 몸이 쑥쑥 나가는 경지에 이르렀다.

그렇지만 그냥 팔치기만으로 몸을 앞으로 나아가게 하는 것은 아니다.

팔을 끌어당길 때 어깨와 허리가 동시에 반응을 하면서 아울러 다리도 박자를 맞추고 있다.

몸의 모든 기관이 팔치기에 맞춰서 앞으로 전진하는 동작을 취한다.

그때 티루네시의 다리를 보던 태수의 눈이 커졌다.

'저거다!'

상체에 비해서 긴 하체를 지닌 티루네시의 다리는 가늘면서도 근육이 불끈불끈했다.

하지만 중요한 것은 티루네시의 늘씬한 각선미가 아니라 두 다리가 만들어내고 있는 마술 같은 동작이다.

옆에서 보니까 티루네시의 발뒤꿈치는 엉덩이를 차는 게 아니라 발뒤꿈치가 엉덩이에 닿을 정도로 무릎을 많이 굽히고 있다.

활시위를 많이 당기면 당길수록 화살이 더 멀리 날아가고, 스프링을 세게 누르면 누를수록 반발력이 더 세다는 것은 당연한 사실이다.

티루네시는 무릎을 최대한 굽혀서 발뒤꿈치가 엉덩이에 닿을 정도다.

또한 그렇게 굽혀진 다리가 스프링처럼 탕! 하고 펴지면서 앞으로 뻗는다.

'저건?'

뭘 발견했는지 태수의 눈이 또 빛났다.

티루네시의 발바닥이 바닥을 딛는 광경이 평범하지 않았다.

대부분의 선수는 다리를 뒤로 구부렸다가 앞으로 뻗을 때 발이 떠 있는 위치의 바닥을 딛는다.

그런데 티루네시의 발바닥은 바닥을 디디려고 하면서도 앞으로 미끄러지듯이 10㎝ 정도 더 나갔다.

그것은 그녀의 발바닥이 바닥을 디디려고 하는 순간에도 몸이 빠른 속도로 앞을 향해 진행 중이라서 가능하다.

어째서 그런 일이 가능한 것인지 태수는 티루네시의 두 다리를 다시 유심히 주시하다가 원인을 밝혀냈다.

티루네시는 무릎을 뒤로 많이 굽혔다가 펼 때도 다른 선수들보다 조금 더 많이 펴고 있다.

다리를 많이 편다는 동작은 그만큼 체공 시간이 길어져서 스트라이드가 넓어지는 것이다.

다시 말해서 굽혔던 무릎을 펼 때 발끝을 재빨리 앞으로 차듯이 뻗기 때문에 스트라이드가 넓어질 수밖에 없다.

하지만 여기에서 문제가 발생한다. 스트라이드가 지나치게 넓어서… 즉 다리가 허공에 떠 있는 체공 시간이 길기 때문에 피치가 늦어진다.

스트라이드가 넓은 반면에 빠른 피치를 포기할 수밖에 없는 것이다.

티루네시가 의식적으로 긴 스트라이드를 선택하고 빠른 피치를 포기했는지 어쨌는지는 알 수가 없다.

하지만 태수가 봤을 때 티루네시에게서 팔치기는 배울 만하지만 다리의 동작은 배울 만한 게 아니라 오히려 고쳐야 할 부분이다.

"A little slow(조금 천천히 달려요)!"

태수가 외치자 티루네시가 조금 속도를 늦추었다.

"나라야! 티루네시 옆에서 나란히 달려봐라! 마레!"

태수는 뒤에서 쫓아오고 있는 신나라를 향해 손짓을 하면서 마레 디바바도 손으로 불렀다.

가운데 티루네시가 ㎞당 2분 45초의 속도로 달리고 오른쪽에서 신나라가, 왼쪽에서는 마레 세 여자가 나란히 달리고 있다.

그리고 태수가 신나라 오른쪽에서 달리면서 세 여자의 달리는 동작을 유심히 관찰했다.

태수의 짐작이 맞았다. 세 여자가 ㎞당 2분 45초의 빠른 속도로 달리고 있는 동작은 제각각이다.

태수는 조금 전까지 티루네시의 달리는 동작이 유연하다고 생각했었는데 신나라하고 비교하니까 확연하게 차이점이 드러났다.

신나라는 태수하고 달리는 모습이 비슷하기 때문에 그녀를 보면 태수가 어떻게 달리는지 짐작할 수 있다.

신나라는 머리가 위로 솟구쳤다가 가라앉는 편차가 채 5㎝도 되지 않았다.

또한 티루네시는 한 번 발바닥을 바닥에 디딜 때마다 탓! 탓! 하면서 몸이 주춤주춤하는데 신나라는 마치 굴러가는 것처럼 스무드했다.

마레도 티루네시하고 달리는 모습이 비슷했다.

태수가 보기에 신나라의 장점과 티루네시의 장점을 섞어놓는다면 멋질 것 같았다.

태수는 그로써 티루네시에 대한 평가를 끝내려다가 문득 그녀의 얼굴에 시선을 멈추었다.

티루네시가 숨을 쉬는 게 특이했다. 태수나 신나라 등은 후웃! 하아앗! 이든가 훗훗! 핫핫! 인데 티루네시는 후우우… 하아아… 하는 식으로 호흡을 했다.

그것은 티루네시가 줄곧 깊은 호흡을 하면서 달리고 있다는 뜻이다.

티루네시가 하는 것은 깊은 호흡이다. 깊은 호흡이 좋기는 하지만 달리는 내내 항상 그렇게 할 수는 없다.

스피드를 올릴 때는 짧은 호흡을 해야 하고, 자신의 리듬이나 뛰는 발에 맞춰야만 한다.

하지만 태수가 잠시 지켜봐도 티루네시가 깊고 긴 호흡을 한다는 것만 알 수 있을 뿐이지 다른 건 발견하지 못했다.

아침 훈련에서 돌아온 후 태수의 체중이 도마에 올랐다..

베를린마라톤대회와 시카고마라톤대회를 연달아 뛰고, 한국과 미국을 오가는 등 살인적인 스케줄을 소화시키고 있는 그의 현재 체중은 63kg이다.

마라톤을 하기 전에 알바를 하면서 잘 먹지 못하던 시절에도 항상 65kg을 유지했었는데 지금은 그때보다 2kg이나 더 빠졌다.

마라토너가 체중을 1kg 빼면 풀코스 기록을 3분 단축한다는 말은 상식이지만 그것은 마스터즈들의 얘기다.

엘리트 선수들의 경우에는 체중 감소에 복잡한 함수관계가 들어 있다.

체중이 빠지면 몸이 가벼워져서 단 몇 초라도 기록이 단축되는 건 맞지만 에너지를 저장할 창고가 없어졌다는 측면에서는 손해다.

마라토너의 근육 속에는 파워를 내는 글리코겐이 꽉꽉 담겨 있기 때문이다.

"성인이 몸에 저장할 수 있는 글리코겐의 양은 350g 정도인데 태수 씨는 420g을 저장할 수 있어요."

닥터 나순덕이 소파에 앉아 있는 태수 옆에 서서 설명했다.

"태수 씨의 글리코겐 저장 용량이 큰 것은 선천적인 것과 후천적으로 적절한 강훈련과 테이퍼링을 조화롭게 병행했기 때문이에요. 후천적인 부분에서는 심 감독님의 노력이 빛을 봤다고 할 수 있지요."

나순덕은 은근히 심윤복 감독을 치켜세웠다.

"체중 감소 1kg으로 손실되는 글리코겐의 양이 2~3g인 것을 감안했을 때 태수 씨의 글리코겐 감소량은 최대 6g에 불과해요. 하지만 태수 씨가 다이어트로 체중을 빼지 않고 강훈련과 테이퍼링으로 체중 감소가 이루어졌기 때문에 근육에 글리코겐을 압축시키는 비율이 높아져서 오히려 체중을 빼면 뺄수록 체내 글리코겐 저장량은 많아지는 행태를 보이고 있어요."

윤미소가 태수의 체중 감소에 대한 논란을 정리했다.

"그렇다면 닥터의 말씀은 태수의 체중 감소를 걱정할 필요는 없다는 거로군요?"

"그렇게 생각한다면 제 말이 정확하게 전달된 거예요."

뉴욕마라톤대회를 하루 앞둔 오후, 휴게실에 태수와 티루네시가 단둘이 마주 앉았다.

티루네시가 진지한 얼굴로 물었다.

"나 뛰는 거 보고 문제점을 찾았나요?"

"그렇습니다."

태수는 솔직하게 대답했다.

"그게 뭐였죠?"

"뉴욕마라톤대회가 끝나면 알려줄게요."

"지금은 왜 말할 수 없는 거죠?"

태수는 조심스러운 표정을 지었다.

"말해준다고 해도 티루네시가 내일 뛰는 데에는 전혀 도움이 되지 않기 때문이에요. 티루네시의 결점을 하루 만에 고칠 수는 없으니까요."

티루네시는 고개를 끄떡였다.

"그렇군요."

하지만 그녀는 포기하지 않았다.

"그 결점을 고칠 수 있겠어요?"

"물론입니다."

티루네시의 얼굴이 밝아졌다.

"됐어요. 그럼 나 타라스포츠하고 계약하겠어요."

"네?"

티루네시는 태수의 손을 잡았다.

"그러면 태수 씨하고 함께 훈련할 수 있을 테니까 태수 씨가 날 훈련시켜서 결점을 고쳐 주겠죠."

"티루네시, 그건……."

태수의 반응을 들어보지도 않고 티루네시는 어린아이처럼 기뻐했다.

"하하하! 그러면 난 전성기 때처럼 다시 한 번 힘차게 달릴 수 있을 거예요!"

태수는 해맑은 티루네시를 보면서 쓴웃음만 지었다.

제28장
빅게임

11월 7일.

뉴욕마라톤대회 당일 아침.

태수 일행은 일찌감치 출발지인 뉴욕 남쪽 스테이튼 아일랜드(Staten Island)에 나왔다.

구름 한 점 없이 화창한 날씨인데 말을 하면 하얀 입김이 뿜어질 정도로 쌀쌀하다.

이런 날은 예열을 충분히 해두고 호흡을 웬만큼 틔워두는 것이 더욱 필요하다.

티루네시와 마레 디바바는 타라스포츠 소속이 아니면서도

한사코 태수 일행하고 함께 행동했다.

심지어는 한국에서 같이 출발하여 대회 날까지 숙식도 함께했으니 남들이 보면 그녀들이 타라스포츠 소속이 됐다고 오해를 할 만했다.

티루네시와 마레는 아무렇지도 않은 듯 태수, 신나라, 손주열과 함께 나란히 달리면서 몸을 풀었다.

진행요원들의 통제 때문에 취재진들은 가까이 다가오지 못하고 멀리서 태수 일행을 촬영하느라 자기들끼리 작은 전쟁을 벌이고 있다.

과거의 전설과 현재진행형의 전설. 총 7개의 세계기록을 보유하고 있는 티루네시와 태수가 절친한 사이처럼 함께 몸을 풀고 있는 광경을 촬영하는 것은 취재진들에게는 신이 내린 선물 같은 것이다.

지금 시간 7시 40분. 출발 시간인 8시 30분까지는 50분 정도가 남아 있다.

태수와 신나라, 티루네시 등은 50여 미터 거리를 10분 정도 왔다 갔다 하면서 어느 정도 몸을 데웠다.

이번 뉴욕마라톤대회에서의 태수 군단의 전략은 시카고마라톤대회 때와 같다.

즉, 출발부터 자신의 전력 70%의 속도 이븐 페이스로 달리다가 막판에 스퍼트한다는 것이다.

심윤복 감독으로서도 태수와 신나라에게 달리 작전을 짜줄
수가 없다.

9월 27일 베를린마라톤대회부터 10월 11일 시카고마라톤대
회, 11월 7일 뉴욕마라톤대회까지 40일 남짓한 기간 동안 3개
의 마라톤대회 풀코스를 뛰고 있는 태수와 티루네시, 마레 디
바바, 그리고 신나라에게까지 전 세계의 여론은 찬사도 비난
도 아닌 우려의 표정을 짓고 있다.

그런 말도 안 되는 강행군 때문에 전설적인 영웅 2명이 부
상을 당하거나 무슨 탈이라도 날까 봐 그러는 것이다.

"What am I supposed to do(나 어떻게 할까요)?"

잠시 멈췄을 때 티루네시가 태수 옆에 다가와서 물었다.

그냥 묻는 게 아니라 매우 진지한 표정이다. 지금 상황에서
태수가 어떻게 하라고 말을 한다면 티루네시는 곧 죽어도 그
렇게 할 것 같았다.

대회가 40분 앞으로 다가온 상황이 아니더라도 태수는 티
루네시에게 이러쿵저러쿵 충고를 하고 싶지도 충고를 할 만한
입장도 아니다.

그렇다고 해서 너 알아서 하라든가 되는대로 달리라고 성
의 없이 대답할 순 없다.

그래서 태수는 진지하게 대답했다.

"굿 럭."

"What?"

먼 곳에서 태수를 부르는 귀에 익은 목소리가 들렸다.

"태수야!"

태수가 쳐다보니까 저만치 공원 바리케이드 바깥에서 손을 흔드는 사람은 분명히 조영기와 박형준이다.

"형님!"

태수는 반가움에 두 사람에게 달려갔다. 같이 있던 티루네시도 덩달아서 태수 뒤를 따랐다.

태수는 경계를 서고 있는 경찰에게 괜찮다고 말하고는 조영기와 박형준에게 가까이 다가가서 얼싸안았다.

"형님들도 뛰십니까?"

"그래!"

조영기와 박형준이 싱글벙글거리면서 합창을 했다.

"베를린 뛰신 지 얼마나 됐다고 또 뛰십니까?"

"사돈 남 말 하네."

"저야 뭐……."

조영기와 박형준은 태수의 등을 두드리며 칭찬했다.

"태수 너 정말 대단하다. 네가 자랑스럽다……!"

"니가 하프마라톤에다가 10,000m, 그리고 마라톤까지 세계기록을 막 갈아치우니까 형준이하고 나는 어디에 가기만 하

면 우리가 너랑 가까운 사이라고 입에 거품을 물면서 자랑을
한다는 거 아니냐."

"다 두 분 형님 덕분입니다."

"그건 그래."

박형준이 장난스럽게 고개를 끄떡였다.

"그때 영주소백산마라톤에서 태수 니가 짜장면 배달하다가
나랑 부딪치지 않았으면 오늘날의 너도 없었겠지."

"그렇습니다, 형준 형님."

"그러니까 나한테 잘해라."

"알겠습니다."

박형준이 농담하니까 조영기가 일침을 놓았다.

"형준이 넌 나한테 잘하냐?"

"어… 시장님."

박형준은 조영기에게 꾸벅 허리를 굽혔다.

"죄송합니다, 시장님. 앞으로 잘하겠습니다."

태수는 의아한 얼굴로 물었다.

"시장님이라뇨?"

박형준이 조영기를 가리켰다.

"조영기 형님은 안동 시장님이야."

"네에?"

"날 안동 시청에 취직시켜 주신 분이 조영기 형님이셨어."

"아······."

조영기는 손을 저었다.

"그건 과거지사다. 지금은 백수야."

태수는 생각나는 게 있어서 조영기에게 물었다.

"큰형님 부산 민락동 롯데캐슬자이언트에 이사는 잘하셨습니까?"

"그래. 나도 이젠 부산 시민이야."

"나도."

박형준이 끼어들었다.

"작은형님도 부산에 이사 오셨습니까?"

"그래. 조영기 형님께서 손을 써주셔서 해운대구청으로 발령이 났어. 집은 조영기 형님 사시는 롯데캐슬자이언트하고 붙은 센텀비치푸르지오야."

"아아··· 잘됐군요."

조영기가 너털웃음을 터뜨렸다.

"하하하! 어제의 용사들이 다시 뭉친 거지 뭐!"

조영기와 박형준은 처음부터 태수 옆에 서 있는 티루네시를 힐끔거리고 있었다.

"태수야, 이분은 어디서 많이 본 사람 같은데 누구냐?"

태수가 빙그레 미소 지으며 소개했다.

"티루네시 디바바예요."

"디… 디바바?"

"설마… 아기 얼굴을 가진 파괴자라는 닉네임의 그 디바바를 말하는 거냐?"

"그렇습니다."

"이런 맙소사……"

태수는 티루네시에게 조영기와 박형준에 대해서 설명을 해주고 인사를 시켰다.

태수의 완벽하지 않은 영어는 티루네시에게 조영기와 박형준을 자신의 큰형과 작은형이라고 소개했다.

"Oh! How do you do?"

티루네시는 조영기와 박형준을 차례로 포옹하고서 양쪽 뺨을 맞댔다.

"흐으으……"

조영기와 박형준은 너무 좋아서 정신을 차리지 못했다.

조영기와 박형준은 태수와 티루네시를 데리고 가까운 곳의 어떤 근사한 부스로 갔다.

그 뒤를 고승연이 가까이서, 두 명의 무장경찰이 다섯 걸음 뒤에서 따랐다.

겉보기에는 귀빈들의 휴식처 같은데 부스 천장에 한글과 영어로 '조선일보'라고 크게 적혀 있는 게 보였다.

귀빈실처럼 보였는데 사실은 조선일보에서 뉴욕마라톤대회에 참가하는 한국인들을 위해서 차린 부스였다.

박형준 말로는 뉴욕마라톤대회에 화장실이 턱없이 부족하고 커피나 음료를 제공하는 곳은 한 군데뿐이어서 줄이 몇백 미터나 길게 늘어섰다고 한다.

그런데 대회 참가자들은 한글로 쓴 조선일보라는 글씨를 모르고, 또 영어로 조선일보라고 써놔도 그게 무슨 뜻인지 모르니까, 더구나 한적한 곳에 위치해 있어서 이곳을 찾는 사람들은 거의 한국인뿐이라는 것이다.

조영기와 박형준, 태수, 티루네시가 부스로 들어가자 그곳에 모여 있던 한국인들이 와아! 하고 함성을 터뜨리는 바람에 태수는 깜짝 놀랐다.

두 명의 뉴욕 경찰이 무슨 일이 벌어졌나 싶어서 부스 안으로 달려 들어오는 것을 태수가 말렸다.

조영기가 말끔한 트레이닝복을 입은 어느 동년배 중년인에게 태수를 가리키며 의기양양했다.

"양 형! 어떤가? 내가 한태수를 데리고 온다고 그랬어 안 그랬어?"

알고 보니 조영기는 친구인 조선일보 뉴욕 지국장에게 자기가 한태수를 데려오겠다고 큰소리를 뻥뻥 쳤다는 것이다.

"고맙네! 고마우이! 조 형 덕분에 나 대박 터뜨릴 수 있게 됐어!"

뉴욕 지국장은 조영기의 손을 잡고 크게 기뻐했다.

태수는 조선일보 부스에서 출발 전에 잠깐 단독 인터뷰를 해주고 한국인 참가자들과 커피를 나눠 마시고는 스크럼을 짜고 대한민국 파이팅! 을 외치며 전의를 다졌다.

태수는 조영기를 염려했다.

"그나저나 날씨도 쌀쌀한데 괜찮으시겠습니까, 큰형님?"

조영기는 껄껄 웃었다.

"하하하! 늙음은 젊음의 성숙이고 완성이야! 삶이 소중한 이유는 언젠가는 끝나기 때문이지! 매 시간을 소중하게 사용하면 나중에 후회가 남지 않을 거야!"

태수는 감탄한 표정을 짓고는 티루네시에게 조영기의 말을 설명해 주었다.

"오우! 뷰티풀!"

티루네시는 조영기를 향해 엄지손가락을 세웠다.

조선일보 뉴욕 지국장 양현수가 태수를 조용한 구석으로 불렀다. 조영기와 박형준, 티루네시, 고승연이 같이 따라갔다.

"한태수 선수, 혹시 일본의 무사시노 기무라를 압니까?"

"알고 있습니다."

"알고 있다니 다행이군요."

양현수는 긴장된 얼굴로 말을 이었다.

"며칠 전에 아사히신문 뉴욕 지국장을 만나서 한잔하는 와중에 그가 취해서 횡설수설하는데 무사시노 선수 얘기를 많이 합디다."

"그래요?"

심윤복 감독이 무사시노에 대해서 말해주었지만 태수는 사실 그다지 경계하지 않고 있다. 그냥 자신의 페이스대로 열심히 뛰면 된다는 생각이다.

"그 사람 말에 의하면, 무사시노라는 선수 굉장한가 봅니다. 일본의 비밀 병기라고 하더군요."

태수는 심윤복 감독 등이 기다리는 곳으로 돌아가야 할 시간이 됐다.

"잘 알겠습니다."

태수가 정중히 고개를 숙이고 돌아서자 양현수는 뒤따라 나오며 덧붙였다.

"무사시노는 중고등학생 때 중장거리 선수였다는데 스피드가 좋다고 합니다."

태수는 심윤복 감독에게 무사시노에 대해서 새로 알게 된 사실을 말하지 않고 스타트라인으로 향했다.

태수는 걸어가다가 잠시 멈추고 신나라와 손주열에게 작전대로 최선을 다할 것을 당부했다.

티루네시가 태수를 빤히 쳐다봤다. 나한테는 해줄 말이 없느냐고 묻는 표정이다.

태수는 티루네시의 어깨에 손을 얹었다.

"10㎞까지 날 따라와요."

"예스!"

티루네시가 기쁨에 겨워서 소리치는 바람에 주위의 사람들이 다 쳐다봤다.

태수는 생글거리면서 좋아하는 티루네시를 보면서 문득 짠한 기분이 들었다.

티루네시는 아디다스하고의 계약이 끝나서 독립 선수 자격이 되었다.

만약 그녀가 아디다스하고 재계약을 했으면 아디다스의 훌륭한 코치진들과 융숭한 접대를 받으면서 뉴욕마라톤대회에 참가했을 것이다.

그렇지만 그녀는 타라스포츠하고 계약하기를 원했다. 그 이유는 타라스포츠에 태수가 있고 또 그녀 가족이 한국하고 인연이 깊기 때문이라고 했다.

티루네시는 타라스포츠하고 계약을 하지 않은 상황에서 어떻게 보면 타라스포츠에 빌붙어서 뉴욕마라톤대회에 참가하는 모양새가 돼버렸다.

만약 태수가 티루네시를 모른 체했다면 그녀는 마레와 단둘이 대회에 참가하여 모든 것을 자신들의 힘으로 부딪쳐야 했거나 아니면 대회를 포기했을 것이다.

그런데도 별다른 내색을 하지 않고 꿋꿋하게 행동을 하고 또 태수의 한마디에 아이처럼 좋아하면서 웃는 모습을 보니까 불현듯 태수의 마음이 짠해진 것이다.

태수는 손주열을 손으로 불러서 그의 어깨에 손을 얹고 티루네시에게 설명했다.

"10㎞까지 나하고 함께 뛰다가 그다음에는 주열이하고 15㎞까지 가요. 그리고 나서는 무리하지 말고 피니시까지 편하게 달려요."

티루네시는 태수가 처음으로 어드바이스를 해주는 터라서 눈을 초롱초롱 빛냈다.

"어느 정도 속도로 달릴까요?"

태수는 티루네시가 편하게 달리면 ㎞당 3분 15~20초일 거라고 예상했다.

태수하고 10㎞를 같이 달리면 ㎞당 2분 57초의 속도로 약 29분이 소요되고, 거기에서 다시 뒤따라오는 손주열과 함께 5㎞를 더 뛴다.

손주열은 이번 대회에 2시간 6분대를 목표로 하기 때문에 ㎞당 3분 이븐 페이스로 달릴 것이다.

티루네시가 손주열과 함께 5km를 달릴 경우 소요 시간은 15분. 태수와 같이 달린 29분을 더하면 44분이다.

15km에서 피니시까지 남은 거리는 27.195km. 그 거리를 km당 3분 20초의 속도로 달리면 1시간 30분. 거기에 44분을 더하면 2시간 14분이 된다.

티루네시가 2시간 14분대에 들어오면 폴라 래드클리프가 세운 세계기록 2시간 15분을 깨게 된다.

하지만 태수는 그럴 거라고는 생각하지 않는다. 태수와 손주열하고 번갈아서 동반주를 했기 때문에 티루네시는 많이 지칠 테고, 그러면 처음에는 km당 3분 20초로 달리다가 점점 속도가 떨어질 것이다.

그렇다고 해도 최소한 2시간 17~18분대에는 골인할 수 있을 것이라는 게 태수의 계산이다.

그래도 자기를 말끄러미 바라보고 있는 티루네시를 보고 태수는 뭐라고 말해줘야 할 의무감을 느꼈다.

"km당 3분 20초로 가요."

"3분 20초."

티루네시는 궁금한 표정을 지었다.

"그러면 어느 정도 기록이 나오죠?"

태수는 티루네시를 보면서 혹시 그녀는 계산을 하지 않으면서 달리는 게 아닌가? 하는 생각이 들었다.

"내 말대로 제대로 달리면 2시간 14분이에요. 하지만 2~3분을 까먹는다고 해도 2시간 17~18분에는 골인할 수 있을 거예요."

"2시간 14분!"

티루네시는 깜짝 놀라면서 두 손을 맞잡았다. 그러더니 어느새 옆에 와 있는 마레의 어깨에 손을 얹으며 비장한 표정으로 말했다.

"태수 말 잘 들었지? 2시간 14분이야."

마레는 티루네시보다 더 힘차게 고개를 끄덕였다.

"I understand."

출발선 맨 앞줄에 선 태수는 슬쩍 좌우를 둘러보았다.

앞줄에는 세계정상급 선수 8명이 죽 늘어서 있다.

태수를 비롯하여 무타이, 기프로티치의 모습도 보인다. 두 사람은 베를린마라톤대회 때 태수하고 각축을 벌였는데 40여 일 동안 푹 쉬고 뉴욕마라톤대회에 출전했다.

시카고마라톤대회에서 태수하고 끝까지 사투를 벌였던 키메토와 키트와라, 춤바, 케베데의 모습은 보이지 않았다.

그 대신 뜻밖의 얼굴이 태수 왼쪽 두 번째에 서 있다가 태수하고 눈이 마주치자 손을 들어 보이면서 벙긋 미소를 지어 보였다.

케네시아 베켈레다. 참 대단한 선수다. 베를린에서 저조한 기록으로 입상을 하지 못했으면서 뉴욕마라톤대회에 또 참가했다. 근성만큼은 알아줘야 한다.

베켈레에게서 시선을 거두던 태수는 베켈레 옆에 서 있는 한 흑인 선수가 자신을 쏘아보고 있는 듯한 느낌을 받고 그를 쳐다보았다.

'킵초게.'

그는 분명히 킵초게다. 작년 시카고마라톤대회 우승자였으며, 지난 달 시카고마라톤대회에서 태수와 피 말리는 승부를 벌였던 킵초게가 뉴욕마라톤대회에 모습을 드러냈다.

지독한 인간이다, 라는 생각이 들었다가 태수는 곧 실소를 머금었다.

태수 자신 또한 킵초게와 별반 다르지 않기 때문이다. 그렇다면 태수 역시 지독한 인간이다.

일단 태수하고 기록이 엇비슷한 선수는 무타이와 키프로티치, 킵초게, 베켈레다.

태수는 이번 대회에 일본 선수들이 대거 참가했다고 들었지만 그들 중에서 이름을 알고 있는 것은 무사시노 기무라 한 명이다.

외우려고 한 게 아니라 자주 듣다 보니까 기억하고 있을 뿐이다. 이마이 마사토나 니시무라 신지의 이름은 명단에서 보지 못했다.

출발선 왼쪽 높은 단상에서 사회자가 뭐라고 떠들고 있는데 태수의 귀에는 들리지 않는다.

이제 잠시 후면 스테이튼섬 베란자노 다리를 출발하여 센트럴파크 67번가에 이르는 26.2마일 42.195km의 국제공인코스를 달리는 대망의 뉴욕마라톤대회가 스타트한다.

"파이브!"

그때 사회자의 목소리가 태수의 귀에 갑자기 크게 들렸다. 카운트다운을 '텐'부터 하는데 파이브에 태수의 귀가 갑자기 뚫렸다.

"후우우……."

태수는 한 차례 호흡을 하고는 달려 나갈 자세를 취했다.

"투우! 원!"

타앙!

청명한 뉴욕의 가을하늘에 출발 총성이 울려 퍼졌다.

우르르르르……

타타타탁탁탁탁탁—

"와아아아—!"

관중의 함성과 선수들이 일제히 지축을 울리면서 달려 나가는 발소리가 뒤섞여 고막을 먹먹하게 했다.

사회자가 마지막으로 고함을 질렀다.

"God bless everyone(모두에게 하나님의 축복이 있기를)!!"

태수는 무타이, 키프로티치, 베켈레와 나란히 힘차게 선두로 치고 나갔다.

출발선에서 달려 나가는 모든 선수가 다 제각기 목표가 있겠지만 태수도 뚜렷한 목표가 있다.

원래는 세계6대메이저마라톤대회를 모두 제패하여 그랜드슬램을 달성하는 것이었으나 이제는 거기에 하나가 더 추가되었다.

WMM 1위를 고수하는 것이다.

그러려면 이번 뉴욕마라톤대회에서 우승해야 한다. 아니, 2위만 해도 승점 15점을 챙겨서 종합 90점이 되기 때문에 WMM 우승은 변동이 없다.

태수는 베이징세계육상선수권대회 마라톤에서 우승하여 25점을 챙겼고, 베를린마라톤대회 우승으로 다시 25점, 거기에 시카고마라톤대회에서 우승하여 75점이 되었으니 이번 대회에서는 2위를 한다고 해도 WMM 우승은 너끈하다.

WMM에서 점수를 주는 대회는 뉴욕마라톤대회가 올해로써 마지막으로 열리는 대회다.

그러니까 현재 WMM 2위 50점을 획득한 3명 중에서 유일하게 점수를 낼 수 있는 대회에 출전한 무타이가 설혹 우승을 한다고 해도 합계 75점이다.

그 점수로는 태수를 이길 수 없다. 그렇게 생각하면 태수는 이 대회에서 3위만 해도 된다. 3위에겐 10점이 주어지니까 현재 75점에서 85점이 되므로 무타이가 우승을 한다고 해도 염려할 건 없다.

만에 하나 태수가 입상권에 들지 못하고 무타이가 우승을 한다면 점수가 동률이 된다.

그럼 공동우승으로 상금을 나누고 세계 제1위의 자리는 공석이다. 1위가 2명이 될 수는 없기 때문이다.

그러나 무타이가 우승을 하는 것은 자력으로 가능한 일이지만 태수를 입상권에서 탈락시키는 것까지는 무타이의 능력 밖이다.

그렇지만 더 중요한 사실은, 태수로서는 절대로 이 대회를 포기할 수 없다는 것이다.

탁탁탁탁탁탁—

타타타타탓탓탓탓탓—

여러 개의 급박한 발걸음 소리가 마치 전쟁터에서 빗발치듯이 총을 쏘는 것 같다.

선두에서 달리고 있는 태수는 무타이의 각오를 분명하게 알아차렸다.

무타이는 출발하자마자 가장 앞서서 달려 나갔다. 태수를 극도로 경계하는지 그가 옆에 붙기만 하면 미친 듯이 속도를 높여서 앞으로 내뺐다.

지나친 경계와 민감한 반응은 오히려 경기를 망칠 수 있다고 태수는 생각했다.

스타트해서 300m 남짓 달리고 있을 뿐인데 무타이는 태수보다 10m 이상 앞서 달리고 있다.

베를린에서 무타이는 한태수라는 존재를 전혀 모르고 있다가 폭격을 당해서 침몰했었다.

그때 무타이는 태수가 베를린에서 우승을 하고 세계기록을 경신한 것을 인정하지 않았다.

우승은 운이 좋았기 때문이라고 말할 수 있어도 세계기록을 경신한 것은 운이라고 말할 수 없다.

그런데도 무타이는 인정하지 않았었다. 그만큼 화가 나 있었기 때문이다.

그런데 바로 그 한태수가 시카고마라톤에서 다시 한 번 사고를 치고 심지어 무타이의 마지막 노림수인 WMM 1위 자리까지 떡하니 선점을 해버렸다.

그러니 무타이로서는 벼랑 끝에 서 있는 심정이다. 기회라면 내년도 있고 그다음 해도 있지만 무타이는 올해 아니면 안 된다고 마음을 독하게 먹었다.

태수가 볼 때 무타이는 과민반응을 보이고 있다. 하지만 그는 곧 정신을 차리고 제자리로 돌아올 것이다. 최소한 태수가 알고 있는 무타이라면 그럴 것이다.

"Hey! Lucky man!"

태수가 앞선 무타이 뒷모습에 시선을 고정시킨 채 달리고 있을 때 왼쪽에서 여자 목소리가 들렸다.

쳐다보니까 뜻밖에 쇼부코바가 환하게 미소 지으면서 태수 왼쪽으로 치고 나와 나란히 달리고 있다.

"Let us go together again. You and I(이번에도 또 같이 가요)."

늘씬하고 아름다운 러시아 미녀는 생글생글 미소 지었다. 35살 나이를 어디로 먹었는지 모를 정도로 싱그러운 젊음이 폭발할 것 같은 모습이다.

그런데 태수가 뭐라고 대답하기도 전에 이번에는 오른쪽에서 여자 목소리가 들렸다.

"태수!"

쳐다보니까 티루네시가 어느새 태수 오른쪽에 나란히 달리고 있다. 티루네시뿐만 아니라 그 옆에는 마레와 신나라까지 보였다.

태수의 귓전에 티루네시와 나눴던 대화가 쟁쟁거렸다.

"태수 씨가 쇼부코바의 페메를 해주고 어드바이스를 해주었기 때문에 그녀가 좋은 기록을 낸 거예요."

"하하하! 그건 쇼부코바의 실력입니다."

"그때 만약 내가 태수 씨하고 나란히 달렸다면 내가 우승했을 지도 몰라요."

시카고마라톤대회 때 태수가 의도했든 의도하지 않았든 쇼부코바에게 페메와 어드바이스를 해주었던 건 사실이다.

그래서 그것이 쇼부코바의 우승에 어느 정도는 기여를 했을 것이다.

하지만 쇼부코바가 우승을 한 건 어디까지나 그녀의 실력이 출중했기 때문이다.

실력이 없었다면 태수가 제아무리 페메와 어드바이스를 해주어도 소용이 없었을 것이다.

탁탁탁탁탁—

태수는 앞만 주시하며 묵묵히 달렸다. 그는 처음부터 km당 2분 57~8초 이븐 페이스로 달릴 생각이다.

10km까지 티루네시를 견인해 주려는데 쇼부코바가 함께 가는 것까지 뭐라고 할 수는 없는 노릇이다. 태수가 주로를 전세 낸 것은 아니다.

그렇지만 티루네시가 볼 때는 태수가 시카고마라톤대회에 이어서 이번에도 쇼부코바의 페메가 돼주는 것처럼 비춰질 수도 있을 것이다.

달리면서 태수는 마레와 그 옆의 신나라를 쳐다보았다. 아무래도 그녀들도 티루네시하고 같은 작전인 것 같다.

티루네시와 마레, 신나라 세 사람이 똑같은 작전을 구사한다면 결과는 실력 있는 사람이 이길 것이다.

태수는 두리번거린다든가 뒤돌아보지 않는 타입이다. 꾸준하고 무던한 성격의 소유자들이 그렇다.

2㎞를 막 지났을 때 태수 왼쪽 쇼부코바 옆으로 한 사람이 느릿하게 치고 나갔다.

태수와 쇼부코바가 ㎞당 2분 57~8초의 속도로 달리고 있는데 치고 나가는 사람의 속도는 그보다 조금 빠른 2분 53초 정도는 돼 보였다.

태수에게 등을 보이고 5~6m 앞으로 달려가고 있는 사람은 동양인 같았다. 약간 긴 머리카락을 띠로 이마에 질끈 묶었으며, 또한 등에 이상한 검붉은 그림이 그려진 싱글렛을 입고 있다.

세계적인 마라톤대회에는 동양인들도 많이 참가한다. 일본이 가장 많고 그다음이 중국, 3번째가 한국이다.

그래도 엘리트 선수나 마스터즈를 통틀어 한국 참가자는 일본의 반에 반에도 미치지 못한다. 그만큼 일본은 마라톤 저

변 인구가 많다.

선두는 무타이다. 스타트하자마자 무섭게 앞으로 치고 나간 그는 km당 2분 55초 정도의 속도로 태수하고 조금씩 거리가 멀어지고 있다.

무타이의 km당 2분 55초는 오버페이스다. 그도 그걸 알고 있을 것이므로 적당한 때가 되면 속도를 줄이고 이븐 페이스로 갈 것이 분명하다.

태수는 무타이의 의도를 짐작하고 있다. 무타이는 가장 강력한 라이벌인 태수하고의 거리를 안심할 만큼 충분히 벌려두고 이븐 페이스로 가려는 작전이다.

안심할 만큼의 거리는 아마도 400m~500m일 것이다. 그 정도면 무타이가 km당 2분 57~8초 이븐 페이스로 간다고 해도 태수가 피니시까지 따라잡을 수 없을 것이다.

거리가 500m로 벌어진 상황에서 태수가 최대 속도인 km당 2분 45초로 달린다고 하면 초속 6.06m/s다.

무타이가 km당 2분 58초 이븐 페이스로 간다고 하면 초속 5.62m/s.

6.06−5.62=0.44. 즉 태수가 1초당 무타이를 44cm씩 따라잡을 수 있는데, 500m라는 거리를 따라잡으려면 약 1,140초, 그러니까 19분 정도가 소요된다.

물론 무타이가 피니시까지 속도가 느려지지 않고 줄곧 km당

2분 58초 이븐 페이스로 달릴 수 있을 경우의 얘기다.

그러나 태수가 ㎞당 2분 45초로 달리는 것은 거의 최고 속도에 근접한 것이다.

그런 속도를 내는 것은 마지막 2㎞를 남겨두고 가능한 것이지 19분씩이나 그런 속도로 달린다면 오버페이스를 하여 리타이어하고 말 것이다.

그러니까 무조건 태수는 무타이하고의 거리를 100m 이내로 유지해야만 한다.

그 정도 거리면 태수가 스퍼트할 경우 3~5분이면 따라잡을 수 있을 것이다.

현재 태수와 무나이의 거리는 50m 정도다. 무타이가 워낙 빠르게 달리기 때문에 그를 추월하는 선수는 아무도 없는 상황이다.

무타이와 태수 사이에는 10여 명이 띄엄띄엄 달리고 있으며, 그중에는 무타이 뒤 5m쯤에서 따르고 있는 베켈레의 모습이 보였고, 몇 명의 케냐 선수와 서양 선수들이 뒤섞여서 달리고 있다.

그 10여 명 중에 동양인은 단 한 명뿐이다. 조금 전에 쇼부코바 왼쪽을 추월한 검붉은 그림의 싱글렛을 입은 바로 그 선수다.

3km를 채 못 가서 태수로서도 예상하지 못했던 일이 생겼다.

검붉은 그림이 그려진 싱글렛을 입은 동양인이 2위인 베켈레와 1위 무타이까지 추월해 버렸다.

베켈레와 무타이는 자신들을 추월하는 동양인을 그냥 무시하고 내버려 두었다.

그런데 그것뿐만이 아니다. 그 직후에 3명의 동양 선수가 태수를 추월하더니 무서운 속도로 달려 나갔다.

타타타탓탓탓탓—

3번째 선수가 추월할 때 힐끗 쳐다본 태수는 처음 보는 그 선수의 가슴 왼쪽에 붉은 일장기가 선명하게 그려져 있는 것을 발견했다.

그 순간 태수는 선두로 치고 나간 동양 선수와 3명의 동양 선수들이 모두 일본 선수일 것이라고 짐작했다.

그리고 태수는 또 하나를 더 추측했다. 지금 막 치고 나간 3명이 머지않아서 선두 검붉은 싱글렛과 합류하여 선두그룹을 형성할 것 같은 예감이 들었다.

태수와 베켈레의 거리는 45m고 무타이는 55m 정도다.

태수를 추월한 3명의 동양 선수들은 km당 2분 50초의 빠른 속도로 바람처럼 달려 나갔다.

메이저마라톤대회에서 초반에 그처럼 빠른 속도로 달리는

일은 흔하지 않은 일이다.

선두 검붉은 싱글렛은 무타이를 뒤에 남겨두고 이미 15m까지 거리를 벌렸다.

그런데도 무타이나 베켈레는 검붉은 싱글렛을 그냥 내버려두었다.

저러다가 오래지 않아서 제풀에 지쳐서 중도 포기하거나 속도가 뚝 떨어질 거라고 생각하는 모양이다.

탁탁탁탁탁탁…….

4.5km 지점에서 태수는 자신의 예상이 맞았다는 것을 알게 되었다.

3km에서 태수를 추월했던 3명의 동양 선수가 선두 검붉은 싱글렛과 합류하여 선두그룹을 형성했다.

태수와 선두그룹의 거리는 이미 120m로 많이 벌어졌다.

베켈레하고는 60m, 무타이는 75m다. 베켈레나 무타이 둘 다 아까보다 거리가 더 벌어졌다.

그걸 보면 베켈레나 무타이는 선두그룹을 안중에도 두지 않고 오로지 태수만 경계하고 있다는 걸 알 수 있다.

그렇지만 몇 명의 케냐 선수와 서양 선수들이 베켈레와 무타이를 앞질러서 선두그룹을 맹렬하게 뒤쫓아 갔다.

그야말로 초반부터 피 튀기는 각축전이 벌어지고 있다.

태수는 문득 선두그룹을 이끌고 있는 검붉은 싱글렛이 일본의 비밀 병기라는 무사시노 기무라일지도 모른다는 생각이 들었다.

정말 그렇다면 이대로 있어서는 안 된다. 왜냐면 무사시노는 두 달 전에 2시간 3분 19초로 비공인 세계 2위 기록을 깼다고 하지 않는가.

2시간 3분 19초라면 태수가 갖고 있는 2시간 2분 45초하고 불과 34초 차이다.

설혹 무사시노가 오늘 태수의 세계기록을 경신하지 못하더라도 우승을 할 가능성은 충분히 있다.

엘리트 선수들은 초반 5㎞ 지점에서는 보통 물을 마시지 않고 태수도 마찬가지다.

초반에 유리한 자리를 차지하는 것이 매우 중요해서 물을 마실 여유가 없기 때문이다.

"태수야!"

1번 스페셜 테이블에 있던 심윤복 감독이 달려오고 있는 태수를 향해 두 손을 모아 나팔처럼 구부려 입에 대고 크게 외쳤다.

"선두가 무사시노다! 4명 모두 일본 선수다!"

고함 소리에 태수가 1번 스페셜 테이블을 스쳐 지나면 힐끗 쳐다보자 민영은 긴장한 표정인데도 환하게 웃으면서 손으로 키스를 보내고 있으며, 심윤복 감독은 고래고래 소리를 질렀다.

"이븐 페이스다! 이븐 페이스!"

태수의 몸 상태라든가 그의 모든 점을 고려했을 때 심윤복 감독이 해줄 수 있는 말은 '이븐 페이스'뿐이다. 시카고마라톤 대회에서 태수의 이븐 페이스가 빛을 발했었다.

"오빠는 챔피언이야! 할 수 있어! 아자! 아자! 아자!"

달려가는 태수의 뒤쪽에서 민영의 외침이 들려왔다.

그 말이 태수에게 큰 힘이 되어주었다. 그는 민영이 순전히 타라스포츠의 번창 때문에 태수를 응원하는 것이라고 생각하지 않는다.

민영은 태수의 꿈을 이해하고 있다. 그래서 거기에 힘을 실어주고 있는 것이다.

민영의 '할 수 있어'라는 말은 태수에겐 남다른 의미를 갖고 있다.

시골구석 형편없는 가문 출신, 지방 전문대 자동차과 졸업이라는 별 볼 일 없는 학력, 반응 없는 이력서를 숱하게 써 보내놓고는 기약 없이 결과를 기다리면서 이것저것 알바로 피곤에 쩔었던 인생.

그때의 인생과 지금의 인생을 따로 떨어뜨려 놓고 생각할

수는 없다.

그것도 태수의 것이고 새 인생도 태수 것이다. 그 시절이 있었기 때문에 지금의 성공가도 또한 존재하는 것이다.

'할 수 있다!'

태수는 지그시 이를 악물고 더욱 힘차게 달렸다.

타탁탁탁탁타타탁탁……

태수의 짐작은 맞았다. 원래 불길한 예상은 잘 맞아떨어지는 법이다.

선두그룹의 선두가 바로 일본의 비밀 병기라는 무사시노였다.

무사시노가 초반부터 치고 나가 선두에, 그것도 같은 일본 선수 3명과 그룹을 형성했다는 사실은 뜻하는 바가 크다. 그리고 그 의미는 태수에게 넘치도록 충분하게 전달되어 후끈 달아오르게 만들었다.

심윤복 감독은 태수에게 이븐 페이스를 주문했다. 현재 태수의 달리는 속도로 피니시까지 가면 2시간 5분대다. 마지막 2~3km를 남겨두고 스퍼트를 한다고 해도 1분 정도를 단축하여 2시간 4분대.

그러나 지금은 4분 5분대가 중요한 게 아니고 무사시노가 선두에 달리고 있으며 이대로 간다면 그가 우승을 할지도 모른다는 사실이 중요한 일이다.

무타이가 태수보다 빠른 속도로 선두로 달리고 있을 때에는 오버페이스라고 단정했던 태수지만 무사시노가 똑같은 행동을 하는 걸 보고는 오버페이스라고 생각하지 못했다.

무타이도 2011년 제118회 보스턴마라톤대회에서 비공인 세계 신기록을 세운 적이 있었다.

그 당시 세계 신기록은 하일레 게브르셀라시에가 베를린마라톤대회에서 작성한 2시간 3분 59초였다.

무타이의 비공인 세계기록 2시간 3분 2초의 기록은 무사시노의 비공인 세계 2위 기록 2시간 3분 19초보다 17초나 빠른 것이다.

2011년 당시 무타이의 기록이 IAAF의 인정을 받지 못한 이유는 긴 내리막 경사를 달려 내려갈 때 강한 바람을 등지고 달렸다는 사실 때문이었다.

어쨌든 비공인이라는 사실은 무타이나 무사시노가 똑같은데도 태수는 무타이보다는 무사시노가 더 신경 쓰였고 경계심이 생겼다.

어쩌면 그것은 무타이는 2번째 상대하는 것이고 무사시노는 처음이기 때문인지도 모른다.

그게 아니라면, 일본이라는 나라는 항상 뭔가 구린 구석이 있게 마련이라는 막연한 경계심 때문일 것이다.

태수와 무사시노의 거리는 아까보다 30m 늘어난 150m로 벌어져 있다.

반면에 무타이와 베켈레는 2위 그룹에서 나란히 달리고 있으며 태수하고의 거리는 120m다.

베켈레가 조금 속도를 내서 무타이하고 나란히 보조를 맞추고 있는데, 두 사람의 속도는 ㎞당 2분 55초로 처음 무타이의 속도 그대로다.

무타이는 태수하고의 거리를 최대한 벌려놓으려는 작전을 고수하고 있는 게 분명하다.

그리고 베켈레는 그런 무타이의 작전을 알아차리고 그가 차린 밥상에 숟가락 하나를 얹는 작전으로 바꾼 것 같다.

베켈레나 무타이가 같은 것은 또 하나 있다. 선두그룹과 무사시노를 전혀 견제하지 않는다는 사실이다.

그들은 사전에 무사시노에 대한 정보를 입수하지 못한 것이 분명하다.

그걸 보면 일본이 비밀 병기 무사시노를 얼마나 잘 감추었는지 알 수 있다. 반면에 그걸 알아낸 심윤복 감독의 수완도 알아줘야 한다.

'가야겠다.'

태수는 스퍼트를 해야겠다고 결정을 내렸다.

그가 스퍼트하면 티루네시와 신나라, 마레, 쇼부코바는 따라올 수 없을 것이다.

그렇지만 지금 스퍼트를 하지 않으면 이 경기를 망치게 될지도 모른다.

물론 2위나 3위를 한다면 WMM 부동의 우승은 놓치지 않겠지만 메이저인 뉴욕마라톤대회를 더구나 일본 선수에게는 절대로 뺏기고 싶지 않다는 게 솔직한 심정이다.

태수가 티루네시에게 말을 하려고 쳐다보는데 그녀도 그를 쳐다보고 있다.

티루네시는 일본의 무사시노에 대해서 알고 있다. 그리고 선두를 달리고 있는 선수가 무사시노라고 짐작한 모양인데 총명한 여자다.

어쩌면 티루네시가 단점을 잘 보완한다면 제2의 전성기를 누릴 수 있을지도 모르겠다는 생각이 들었다.

"You must go(가야 돼요)!"

티루네시가 소리치자 태수는 염려 섞인 대답을 했다.

"Keep going(계속 가요)!"

"Never fear(걱정 말아요)!"

탁탁탁탁탁―

태수가 스퍼트하여 바람처럼 달려 나가는데 뒤에서 쇼부코바의 외침이 들렸다.

"Catch up(따라잡아요)!"

티루네시나 쇼부코바가 이 상황을 제대로 인지하고 있다면 지금까지의 ㎞당 2분 57~58초의 속도를 견지하면서 서로 의지하며 잘 달려줄 것이라는 생각을 하자 태수는 마음이 조금 가벼워졌다.

탁탁탁탁탁탁탁—

태수는 스퍼트를 하여 3분 만에 나란히 달리고 있는 무타이와 베켈레의 80m 뒤까지 따라붙었다.

태수는 달리면서 무타이와 베켈레가 뒤돌아보지 말기를 바랐다.

그들이 뒤돌아보고 태수를 발견하면 반갑지 않은 일이 벌어질 것이기 때문이다.

그런데 태수가 70m까지 따라붙었을 때 우려하던 일이 현실로 드러났다.

원래 뒤를 잘 돌아보는 베켈레가 태수를 발견하더니 선불 맞은 멧돼지처럼 튀어 나갔고, 무타이도 뒤돌아보고는 부리나케 베켈레를 따라갔다.

태수는 무사시노를 잡으려고 스퍼트한 것인데 무타이와 베켈레는 자기들을 추월하려는 것으로 오해하고 갑자기 죽어라고 내빼기 시작했다.

하긴, 태수가 무사시노를 따라잡으려면 무타이와 베켈레를 추월할 수밖에 없다.

태수는 어쩌면 무타이와 베켈레의 행동이 역효과를 불러일으킬지도 모른다는 생각이 들었다.

무타이와 베켈레, 그리고 그 뒤에서 태수까지 3명이 한꺼번에 속도를 높이면 무사시노와 일본 선수들이 분명히 반응을 하여 더 빠른 속도로 도망칠 것이다.

그리고 그 두 번째 우려가 현실로 드러나는 데는 오랜 시간이 걸리지 않았다.

15m까지 바짝 추격한 베켈레와 무타이를 발견한 선두그룹은 두 번 생각할 것도 없이 내달리기 시작했다.

태수는 베켈레와 무타이 70m까지 따라붙었다가 다시 100m로 멀어졌으며, 무사시노의 선두그룹은 150m가 되었다.

현재 태수의 속도는 ㎞당 2분 50초다. 그런데 그가 봤을 때 무타이와 베켈레는 그보다 빠른 2분 45초이고, 무사시노의 선두그룹은 2분 42초 정도일 것 같다.

그렇기 때문에 선두그룹과 2위 그룹은 시간이 지날수록 태수에게서 점점 더 멀어지고 있다.

태수가 그들을 뒤쫓기 위해서 더 속도를 올릴 수는 있지만 잠시 동안이면 몰라도 10분 이상이라면 곤란하다.

그렇게 되면 태수뿐만 아니라 무타이와 베켈레는 물론이고 무사시노와 일본 선수들도 파김치가 될 것이다.

시카고마라톤대회에서 태수는 이븐 페이스의 중요성을 깊이 체험했었다.

한 번 페이스가 무너지면 걷잡을 수 없다. 그래서 임시방편으로 이 방법 저 방법 쓰다 보면 만신창이가 돼버린다.

태수가 지금까지 마라톤을 하면서 깨달은 것은 이븐 페이스로 달리는 게 제일 좋다는 사실이다.

그때 어떤 생각이 번뜩 태수 뇌리를 스쳤다.

'나만 지치는 게 아니잖아?'

지치는 것으로는 현재 무사시노의 선두그룹이나 베켈레, 무타이의 2위 그룹이 태수보다 더 지쳤을 것이다. 출발부터 치고 나갔기 때문이다.

'그래! 몰아보자!'

무사시노의 선두그룹이나 2위 그룹 둘 다 태수를 극도로 경계하기 때문에 초반부터 거리를 벌리려고 무리를 해서 달리고 있다.

그런 상황에 태수가 스퍼트를 하여 뒤쫓으니까 처음에는 2위 그룹이, 그다음에는 선두그룹이 꽁지에 불이 붙은 것처럼 들입다 내빼고 있다.

그러니까 태수는 뒤에서 되도록 이븐 페이스로 달리면서 휴식을 취하며 가끔 추격하는 것처럼 스퍼트를 하면 선두와

2위가 뜨거워서 줄행랑을 칠 것이다.

그런 식으로 사냥감을 몰듯이 줄기차게 다그쳐서 선두와 2위를 지치게 만들자는 게 태수가 방금 떠오른 작전이다.

얼핏 말도 안 되는 것 같지만 태수 생각으로는 말이 된다.

어차피 모든 선수가 42.195㎞를 완주하는 것은 똑같다. 다만 그 과정을 어떻게 달렸는지가 중요하다.

더 중요한 것은, 누가 가장 빠르게 먼저 피니시라인을 통과하느냐는 사실이다.

출발지인 베라자노 브릿지를 건너면 브룩클린인데 거의 직선도로다.

현재 선두그룹은 7㎞를 통과하고 있으며 여전히 무사시노가 선두다.

거기까지 걸린 시간이 20분 11초. ㎞당 평균 2분 53초로 달렸다.

2위 그룹은 베켈레와 무타이고, 선두와 40m 차이다. 조금 아까는 20m였는데 무사시노가 속도를 더 낸 모양이다.

타타탁탁탁탁탁—

태수는 2위 그룹 100m 뒤에서 묵묵히 달리고 있다. 그는 2위 그룹과 100m를 유지하려고 애쓰고 있으며, 2위 그룹이 선두하고 너무 거리가 벌어지지 않도록 조정하는 것에도 주의를 기울이고 있다.

3위는 태수인데 티루네시와 쇼부코바가 그의 좌우에서 에스코트하듯이 나란히 달리고 있다.

세 사람 뒤 20m에서 신나라와 마레, 손주열이 5명의 다른 선수들과 무리를 이루어서 뒤따른다.

조금 전에 태수가 스퍼트를 했을 때 태수가 이끌던 4명의 여자는 각자 행동을 개시했다.

티루네시와 쇼부코바는 조금 더 속도를 올려서 km당 2분 55~56초로 달렸으며 그 과정에 마레와 신나라는 따라오지 못하고 뒤로 처졌다.

태수는 선두그룹과 2위 그룹을 사냥감처럼 몬다는 작전을 세우고 최초에 한 번 스퍼트를 했다가 잠시 속도를 늦췄을 때 티루네시와 쇼부코바가 더욱 속도를 높여서 태수와 합류를 한 것이다.

베켈레와 무타이, 그리고 선두그룹의 일본 선수들이 자꾸만 뒤를 돌아보고 있다.

극도로 예민하게 태수를 경계하고 있다. 그들이 경계를 하면 할수록 태수의 작전이 성공할 확률은 높다.

코스 답사를 꼼꼼하게 한태수의 기억으로는 여기에서 1.3km쯤 더 가면 사우스브룩클린으로 들어서는 거의 직각 우회전이 시작된다.

여태까지는 줄곧 직선도로라서 지형적으로 태수의 사냥감 몰이 작전이 제대로 실효를 거두지 못했다.

그가 스퍼트해서 추격하는 것이 2위나 선두그룹에게 잘 발각되기 때문이다.

그러나 이제부터는 구불구불한 도로가 이어지기 때문에 본격적으로 사냥감 몰이 작전을 전개해 볼 생각이다.

탁탁탁탁타타탓탓탓탓—

"하앗! 하앗! 하앗! 하앗!"

"후우우… 훅훅! 하아아… 핫핫!"

태수 좌우에서 달리는 쇼부코바와 티루네시의 숨소리가 조금 가빠졌다.

쇼부코바의 호흡은 강단 있게 끊는 듯하고, 티루네시는 특유의 깊은 호흡이다.

태수는 티루네시가 지금처럼 크게 숨을 몰아쉬는 것을 처음 들었다.

티루네시는 중장거리든 마라톤 풀코스든 골인을 하고 나서도 조금도 숨이 차지 않고 팔팔한 모습을 보이는 것으로 유명하다.

그것은 그녀의 폐활량이 남다르고 또 호흡이 좋다는 뜻이다.

태수는 문득 티루네시의 숨소리를 듣고 어제 아침에 조깅을 하면서 들었던 그녀의 숨소리를 떠올렸다.

그때 티루네시는 후우우… 하아아… 하는 깊은 호흡만을 했었는데 지금 잘 들어보니까 후우우… 뒤에 훅훅! 하아아… 뒤에는 핫핫! 하고 짧게 끊는 듯한 들숨과 날숨이 있다.

티루네시가 태수하고 같은 속도로 7㎞ 이상 달리고 있으니까 호흡이 조금 가빠져서 태수 귀에 들리게 된 것이다.

태수는 비로소 티루네시의 호흡법이 어떤 것인지 알게 되었다. 후우우… 하고 길게 숨을 내쉬다가 끝에 훅훅! 하고 두 번 끊어서 내뱉는데 그건 체내에 남아 있는 마지막 한 움큼까지 조금이라도 더 토해내려는 것이다. 반대로 하아아… 하고 들이마시다가 핫핫! 하는 건 끄트머리에 공기를 한 모금이라도 더 들이마시려는 것이다.

태수와 2위 그룹의 거리는 여전히 100m. 멀어지지도 좁혀지지도 않았다. 그렇다는 것은 2위 그룹의 속도가 태수하고 같다는 것이다.

태수는 현재 ㎞당 2분 58초로 뛰고 있으며 현재까지는 체력이 충분하다.

선두나 2위, 그리고 태수는 비슷한 거리를 달려왔지만 체력 소모 면에서는 조금 다를 것이다.

어쨌든 치고 나간 거리가 말해준다. 태수보다 150m 앞선 선두는 그만큼의 체력과 에너지를 소모했을 테고, 2위도 마찬가지다.

이윽고 2위 베켈리와 무타이가 직각 우회전을 하여 꺾어지고 있다.

잔뜩 벼르고 있던 태수는 두 사람의 모습이 시야에서 사라지자마자 벼락같이 스퍼트했다.

타타타타타탁탁탁탁—

사우스브룩클린으로 들어서며 우회전하여 20m쯤 달리던 베켈레가 힐끗 뒤돌아보았다.

3위 태수하고 거리가 100m였는데 그사이에 태수가 80m나 거리를 좁혔을 리가 없다는 걸 알고 있으면서도 조바심 때문에 뒤돌아봤지만 태수의 모습은 보이지 않았다.

탓탓탓탓탓—

베켈레는 다시 정면을 보고 달리면서 스스로 생각하기에도 어이없는 듯 쓴웃음을 지었다.

나란히 달리고 있는 무타이는 묵묵히 앞만 보고 달리는데 베켈레 자신만 지나치게 태수를 의식하는 것 같아서 조금 기분이 상했다.

그렇지만 습관이란 어쩔 수가 없다. 베켈레는 또다시 20m 가서 뒤돌아보았다.

그러면서 이번에도 역시 태수의 모습은 보이지 않을 것이고, 그런데 자기가 너무 과민반응을 하는 거라고 스스로를 꾸짖을 거라는 예감이 들었다.

"……!"

그런데 이번에는 그게 아니다. 베켈레의 눈에 곧장 달려오고 있는 태수의 모습이 보였다.

베켈레는 움찔 놀랐다. 그러면서 습관처럼 고개를 앞으로 향했다가, 다급하게 다시 뒤돌아보았다.

분명히 태수다. 조금 전에는 40m 거리였는데 그사이에 조금 더 좁혀진 것 같다.

베켈레는 당황했다. 태수가 또다시 스퍼트한 것이라는 생각이 들었다. 그렇게 생각할 수밖에 없다.

베켈레가 놀라움을 추스를 새도 없이 속도를 높이면서 다시 힐끗 뒤돌아보자 태수가 30m까지 따라붙고 있다. 그가 보기에도 태수의 속도는 놀라울 정도다.

타타타탓탓탓탓—

베켈레는 뒤에서 총알이라도 날아오는 것처럼 미친 듯이 달려 나갔다.

제29장
꿩 잡는 게 매

무타이는 힐끗 뒤돌아보고 태수를 발견하더니 베켈레보다 더 빠른 속도로 뛰기 시작했다.

탓탓탓탓탓탓—

잠깐 사이에 태수에게서 50m나 멀어진 베켈레 전방에는 왼쪽으로 굽은 길이 나타났다.

베켈레 앞에는 아무도 없다. 무사시노의 선두그룹은 이미 왼쪽으로 구부러져서 달려갔다. 선두그룹은 태수의 추격을 모르고 있다.

800m 정도를 km당 2분 40초의 속도로 밀어붙인 태수는 잠

시 자신의 상태를 점검하고는 속도를 2분 45초로 5초쯤 늦추면서 200m 정도 조금 더 사냥감 몰이를 해야겠다고 마음먹었다.

앞서 달리고 있는 무타이와 베켈레가 쉴 새 없이 태수를 뒤돌아보고 있다.

그만큼 불안하다는 뜻이다. 그들이 불안해하면 할수록 이 작전의 성공 가능성은 높다.

앞서 달리고 있는 무타이와 베켈레로서는 태수가 속도를 조금 늦추었다는 사실을 알 수가 없으니까 죽어라고 달리는 것만이 최선이다.

모르긴 해도 베켈레와 무타이는 좌회전을 하고 나서도 속도를 늦추지 않고 한동안 빠르게 달릴 것이다.

베켈레와 무타이는 좌회전을 하기 직전에도 태수를 쳐다보고는 그가 여전히 추격하고 있다는 사실을 확인했다. 태수가 5초 늦춰서 약간 휴식을 취하고 있는 중이라는 것을 알 리가 없다.

이윽고 베켈레와 무타이의 모습이 왼쪽 길로 사라지자 태수는 속도를 km당 2분 50초로 조금 더 늦추었다.

일종의 쿨링다운이다. 갑자기 속도를 뚝 떨어뜨려서 몸에 무리를 주는 것보다는 점차 속도를 줄이면서 휴식을 취하는 것이 훨씬 효과적이다.

원래 속도인 2분 57~58초로 환원하는 것은 아직 이르다. 작전을 눈치챌 수 있기 때문이다.

일렬로 달리고 있는 무사시노의 선두그룹 중 맨 뒤의 일본 선수가 무심코 뒤돌아보다가 안색이 크게 변했다.

베켈레와 무타이가 어느새 50m까지 따라붙은 것을 발견했기 때문이다.

현재 8.5㎞ 지점까지 줄곧 스퍼트하여 달려온 무사시노의 선두그룹은 조금 지쳐 있는 상태다.

무사시노와 3명의 일본 선수는 세계적인 메이저마라톤대회의 경험이 부족한 게 분명하다.

아니면 일본 코치진이 비밀 병기 무사시노의 실력을 지나치게 과신하고 있는 것 같다.

그렇지 않다면 출발부터 계속 선두로 달리라는 작전을 짜지는 않았을 것이다.

맨 뒤의 일본 선수가 앞선 동료들에게 뭐라고 외쳤다. 거의 단말마적인 외침이다.

일본 선수 2명이 동시에 뒤돌아보더니 베켈레와 무타이를 발견하고 안색이 크게 변했다.

그렇지만 3명의 일본 선수보다 5m쯤 앞서 달리고 있는 무사시노는 뒤돌아보지 않고 꿋꿋하게 달리면서 선두그룹을 이

끌고 있다.

22살의 무사시노는 175㎝의 키에 체중 62㎏ 정도로 날렵한 몸을 지녔다.

얼굴을 보면 순수 일본인이 아니라는 걸 알 수 있다.

일본이라는 나라는 혼혈인이 많기로 유명하다. 아사히TV에는 혼혈 연예인들만 모아서 순위를 발표하는 관련 프로가 있을 정도다.

예전부터 일본은 탈아입구(脫亞入歐)라고 해서 일본 개화기의 사상가 후쿠자와 유키치가 일본의 나아갈 길을 제시했는데, 글자 그대로 '아시아를 벗어나 서구 사회를 지향한다'는 뜻이다.

후쿠자와 유키치의 '탈아입구론'은 메이지시대의 많은 일본 지식인에게 정신적 영향을 끼쳤다.

그중에서도 일본인들이 각별히 선호하는 나라는 유럽의 네델란드다.

예로부터 일본인들은 못생긴 용모와 왜소한 체구를 지녔었는데, 반대로 네델란드인은 잘생겼고 체구가 크기 때문에 일본인들의 동경의 대상이었다.

일설에 의하면 메이지시대 때 일본인들의 피를 완전히 물갈이하기 위해서 일본인 여자들에게 네델란드인과의 교배를 크게 장려했다는 말도 있다.

어쨌든 무사시노의 먼 조상은 네델란드인이었으며 몇 대를 이어오는 동안 몇 명의 서구인의 피가 더 섞였다.

그래서 무사시노의 현재 부모는 일본인이지만 용모와 체형은 서구적인 것이다.

탁탁탁탁탁탁탁—

그런데 무사시노의 달리는 모습은 대다수 일본 선수가 즐겨하는 피치주법이 아니라 스트라이드주법이다.

아니, 넓은 스트라이드에 발바닥 전체로 바닥을 딛는 미드풋 착지를 하고 있다.

까칠한 짧은 수염을 코밑과 입가, 턱에 기른 무사시노는 입을 약간 벌린 상태에서 속도를 조금 더 높였다.

그는 방금 전 맨 뒤 동료의 다급한 외침을 똑똑히 들었다.

무사시노의 가슴 밑바닥에서 저급한 인종차별주의가 고개를 번쩍 들었다.

'한국인 따위에게 질 바에는 죽는 게 낫다.'

탁탁탁탁탁탁—

태수가 좌회전을 했을 때 베켈레와 무타이는 120m쯤 멀어져 있었다.

태수가 원하는 100m보다는 20m 멀어졌지만 개의치 않았다. 그 정도 거리는 스퍼트를 하지 않고서 이븐 페이스로 가면서도 은근슬쩍 좁힐 수 있다.

무사시노의 선두그룹은 태수가 예상했던 것보다 더 멀어져 있었다.

태수에게서 200m나 먼 거리에서 달리는 선두그룹 뒷모습이 까마득하게 보였다.

태수는 ㎞당 2분 57~58초의 이븐 페이스로 돌아와서 달리며 조금 전의 스퍼트로 조금 가빠진 호흡을 추스르고 체력을 가다듬었다.

120m나 거리를 벌렸으면서도 베켈레는 쉴 새 없이 뒤를 돌아보고 있다.

무타이는 원래 자주 뒤돌아보지 않는 성격이다. 지금 같은 상황에서는 베켈레가 대신 뒤돌아봐 주고 있기 때문에 무타이로서는 그냥 달리기만 하면 된다.

타탁탁탁탁탁……

태수는 2위 그룹과 120m를 유지한 채 달렸다. 보이지 않는 끈으로 조종을 하는 사람과 조종을 당하는 사람의 체력 소모는 다르게 마련이다.

모르긴 해도 베켈레와 무타이는 적잖이 지쳤을 것이다. 그렇지만 이걸로는 아직 부족하다.

하프까지 최소한 서너 번은 더 사냥몰이로 흔들어줘야지만 진이 쭉 빠질 것이다.

직선주로에서 태수는 아주 조금 속도를 높여서 눈에 띄지 않게 베켈레와 무타이를 따라붙었다.

지금 연달아 사냥몰이를 하면 선두그룹과 2위 그룹이 하프 이전에 기진맥진해 버릴 것이다.

그때 태수가 스퍼트해서 앞으로 치고 나가 선두에서 달리는 방법도 있기는 하지만 그건 까딱 자칫하다가는 자충수가 돼버릴 수도 있다.

하프는 풀코스의 딱 절반이다. 만약 태수가 하프에서부터 선두로 달려 나간다면, 뒤따르는 무사시노 패거리와 베켈레, 무타이는 나머지 하프를 달리는 동안 체력을 추슬러서 재차 선두를 탈환할 시간적 여유가 충분하다.

태수가 아무리 사냥몰이를 여러 차례 심하게 몰아붙인다고 하더라도 하프에서는 지니고 있는 전체 체력의 절반 이상은 소비되지 않는다.

전문 마라토너들의 체력적인 시계는 거의 모두 1시간 40분대에 맞춰져 있는 게 상식이다.

거리에 상관없이 km당 2분 57에서 3분 5초 정도의 속도로 달린다면 어느 누구든지 1시간 40분쯤에 체력이 고갈되어 러너스 하이와 마의 벽에 부닥치게 된다.

그보다 더 빠른 속도로 달린다면 1시간 30분이나 1시간 20분에도 체력 고갈이 찾아올 수 있다. 그만큼 속도와 체력 고갈은

비례하는 것이다.

풀코스 세계기록이 2시간 2분 45초이고 최정상급 선수들이 2시간 3분에서 10분 사이에 피니시라인을 통과하니까 1시간 40분 이후 최소 22분~30분까지는 악으로, 정신력으로 버티는 것이다.

그리고 대부분의 마라톤대회에서는 그 22분~30분 사이에 승부가 결정된다.

그러니까 태수의 사냥몰이 작전이 실효를 거두려면 최소한 1시간 20분까지는 몰아붙여야 한다. 그러면 무사시노들과 베켈레, 무타이를 20분쯤 앞당겨서 강제적인 마의 벽에 빠뜨릴 수 있는 것이다.

태수가 이븐 페이스로 뛰면서 은근슬쩍 거리를 좁히고 있다는 사실을 쉴 새 없이 뒤돌아보고 있는 베켈레마저도 모르고 있는 것 같았다.

그것이 자주 돌아보기의 맹점이다. 만약 베켈레가 가끔 돌아봤다면 태수가 거리를 좁힌 것을 알아챘을 텐데, 쉴 새 없이 돌아보니까 그 거리가 그 거리 같은 것이다.

같은 집에서 매일 얼굴을 대하는 가족끼리는 가족 중 한 명의 작은 변화를 잘 모르지만 외부인은 대번에 알아차리는 것과 같은 이치다.

태수는 베켈레, 무타이와의 거리를 100m로 좁히고는 구부러진 도로가 나오기를 기다렸다.

이번에는 좀 더 빠르게 스퍼트해서 거리를 더 가깝게 좁힐 생각이다.

태수에게서 베켈레와 무타이의 거리는 100m지만 선두그룹과는 거의 200m로 멀어졌다.

태수는 속으로 결정타 한 방을 준비하고 있지만 아직은 때가 아니다.

그 결정타는 최소한 하프를 지나 이스트강에 놓인 퀸즈보로브릿지를 건너고 나서 터뜨릴 생각이다.

거기가 26㎞ 지점이니까 결정타를 맞은 무사시노 패거리와 베켈레, 무타이는 초토가 되고 말 것이다. 최소한 태수의 계산은 그렇다.

그러니까 지금은 그들을 초토로 만들기 위해서 계속해서 밑밥을 꾸준히 줘야 한다.

타타탁탁탁탁탁—

태수는 ㎞당 2분 58초의 속도로 달리고 있다.

14㎞ 지점 현재 태수의 손목시계는 41분 09초를 가리키고 있다. ㎞당 평균 2분 56초로 뛰었다.

원래 이 지점까지 태수의 평균속도는 ㎞당 평균 2분 58초인데 무사시노 때문에 2초나 강제적으로 앞당겨졌다. 어쩌면 그 2초 때문에 닥쳐올 작은 후폭풍은 순전히 태수의 몫으로 남겨져 있다.

이 속도를 이븐 페이스로 뛴다면 2시간 3분 26초에서 2시간 4분 7초 사이에 골인할 수 있다.

14km를 뛰었지만 태수는 지금 막 출발한 것처럼 컨디션이 쌩쌩하다.

두어 번 뒤돌아봤지만 티루네시와 쇼부코바의 모습은 보이지 않았다.

태수는 단독 3위로 달리고 있는 중이며, 그의 뒤 300m 거리에 4위 그룹 5~6명이 뭉쳐서 달려오는 모습이 아스라이 보였다.

4위 그룹은 풀코스 2시간 5~6분대 선수들이다. 손주열이 이번 대회에서 기록을 단축하려면 어떻게 해서든지 4위 그룹에 속해야만 한다.

현재 사우스브룩클린 클린튼거리를 달리고 있는 태수의 300m 전방에 뉴욕마라톤대회 최대 난코스 중 하나인 클린튼 언덕이 나타났다.

코스 답사 때 꽤 높고 긴 언덕이라는 생각이 들었는데 지금 보니까 훨씬 더 길고 높게 느껴졌다.

태수는 평소에 언덕훈련을 중점으로 많이 했기 때문에 언덕에는 특히 강하다.

걸핏하면 경북 풍기읍 가파른 죽령고개를 밥 먹듯이 오르락내리락했기 때문에 언덕을 달려도 거의 평지를 달리는 수준이나 마찬가지다.

그래서 태수에게 유리한 마라톤 코스는 평지가 아니라 언덕이 많은 코스다.

물론 시간과의 싸움에서는 평지가 낫겠지만 라이벌들을 상대하기에는 언덕이 많은 코스가 유리하다.

태수는 직선도로를 달리면서 무심코 전방을 보다가 무사시노의 선두그룹이 클린튼언덕을 오르기 시작하는 광경을 보고는 번뜩 어떤 기발한 생각이 스쳤다.

타타타타타탓—

그는 갑자기 스퍼트하여 바람처럼 내달렸다. 기발한 생각이 떠오르자마자 행동을 개시했다.

평균 5초에 한 번씩 뒤돌아보는 베켈레가 태수의 스퍼트를 발견하지 못할 리가 없다.

베켈레는 불에 덴 것처럼 움찔하더니 냅다 뛰기 시작했고, 곧이어 무타이도 태수를 뒤돌아보고는 베켈레보다 더 빨리 달려 나갔다.

베켈레와 무타이의 행동을 보면 절대로 태수에게 추월당하지 않을 거라고 결심한 것이 분명하다. 태수는 그 점을 철저하게 이용하고 있다.

무사시노의 선두그룹을 터럭만큼도 신경 쓰지 않는 베켈레와 무타이지만, 태수가 스퍼트하여 뒤쫓으니까 순식간에 무사시노 그룹 50m까지 따라붙었다.

막 클린튼언덕을 오르기 시작한 무사시노 그룹 후미의 일본 선수가 꽁지까지 따라붙은 베켈레와 무타이를 보고 귀신을 본 것처럼 놀라 펄쩍 뛰며 달려 올라갔다.

클린튼언덕은 무사시노의 선두그룹과 베켈레, 무타이에게 무덤이 될 것이다.

클린튼언덕은 경사가 완만하지만 길이가 600m나 된다.

그래서 처음에는 평지처럼 힘차게 달려 올라가다가 중간지점이 지나면서 점점 다리가 무거워지기 시작하고, 언덕의 80%가 지나는 시점에는 다리에 쇠뭉치가 매달려 있는 것처럼 느껴진다.

그래서 난코스 클린튼언덕에서는 어느 누구라도 속도가 느려질 수밖에 없다.

그런데 클린튼언덕을 평지처럼 달리다가는, 더구나 쫓기는 입장에서 속도를 내면 과부하가 걸리게 마련이다. 태수는 그걸 노리고 있다.

태수가 단골로 언덕훈련을 강행했었던 죽령 옛길은 경북

풍기 쪽에서 정상인 죽령휴게소까지 6.8km, 거기에서 반대편 충북 단양 고개 아래까지 내리막이 6.2km, 왕복 무려 13km였었다.

그는 죽령고개 6.8km 거리를 오르막에서는 km당 2분 40초까지 속도를 낼 수 있으며 평균 3분의 속도로 정속 주행할 수 있다.

그가 언덕훈련을 자주 했던 이유는 스트라이드를 넓히고 스피드를 올리기 위해서였으나 결국에는 언덕을 평지처럼 달릴 수 있는 능력을 덤으로 얻었다.

타타타타탓탓탓탓탓—

태수는 평지 직선주로를 스퍼트하여 무서운 속도로 클린튼 언덕 아래로 대쉬했다.

그가 언덕 아래에 이르렀을 때 베켈레와 무타이는 언덕 초반을 오르고 있는 중이며 태수하고의 거리는 70m로 좁혀진 상황이다.

태수는 평지에서 스퍼트하여 달려왔고 베켈레와 무타이는 언덕을 오르는 중이라서 속도가 줄었기 때문이다.

베켈레와 무타이에게서 무사시노의 선두그룹 후미 일본 선수하고의 거리는 80m다.

그것은 선두그룹이 베켈레와 무타이의 추격을 조금 늦게 알아차렸기 때문에 20m가 좁혀졌다.

결국 태수와 선두그룹 후미의 거리는 150m라는 얘기다. 태수가 마음만 먹는다면 클린튼언덕에서 선두그룹을 추월할 수가 있다.

베켈레와 무타이는 선두하고의 거리를 좁히지 못할 것이다.

아니, 어쩌면 노련한 베켈레는 이참에 선두그룹을 추월하려고 들지 모른다. 위기를 기회로 삼는 것이다.

탁탁탁탁탁탁탁—

태수는 상체를 약간 앞으로 숙이고 두 팔을 짧게 흔들면서 스트라이드는 평소의 80%로, 발바닥 앞부분을 중심으로 70%만 바닥에 닿는 자신만의 특유의 '언덕오르기주법'으로 조금도 힘들이지 않고 슉슉 달려 올라갔다.

현재 태수의 속도는 ㎞당 2분 40초.

클린튼언덕은 죽령고개에 비하면 새 발의 피다. 태수는 죽령고갯길에서 스퍼트하여 ㎞당 2분 40초의 빠른 속도로 거침없이 달리기도 했었다.

가파른 죽령고갯길을 ㎞당 2분 40초의 속도로 달릴 수 있는 그에게 이 정도 완만한 고개는 고갯길도 아니다.

만약 그가 하려고 든다면 ㎞당 2분 30초까지 순간 스퍼트를 할 수 있을 것이다.

반면에 베켈레와 무타이는 아무리 속도를 높여도 ㎞당 2분 50초 이상은 낼 수가 없을 것이다. 그 속도를 낸다고 해도 1분

이상 지속하기는 어렵다.

그리고 점점 발이 무거워져서 클린튼언덕 중반쯤에 이르면 속도가 km당 3분 이하로 떨어질 것이다.

그것은 무사시노의 선두그룹도 마찬가지다. 아니, 점점 가팔라지는 클린튼언덕 중반부를 지나고 있는 그들의 속도는 km당 3분 5초로 뚝 떨어졌다.

하지만 그건 아직 시작에 불과하다. 시간이 조금 더 지나면 발이 천근만근 무거워지고 허벅지가 파열될 지경에 이르러서 결국 속도가 더 떨어질 것이다.

타타타탓탓탓탓—

"후우웃… 하아앗… 후우웃… 하아앗……."

태수는 고른 숨소리를 내며 조금 더 속도를 높여서 km당 2분 35초의 무서운 속도로 치고 올라갔다.

평지에서도 여간해서는 이런 속도를 내지 않는 태수가 이번에는 옹골차게 작심을 했다.

베켈레는 언덕을 오르면서도 여전히 쉴 새 없이 뒤돌아보다가 태수가 믿어지지 않는 속도로 무시무시하게 달려 오르는 모습을 보고는 더욱 속도를 내서 조금 앞선 무타이를 추월하여 허겁지겁 달렸다.

탁탁탁탁탁탁…….

"헉헉헉헉헉헉……."

베켈레뿐만 아니라 무타이의 거친 숨소리가 태수의 귀에까지 생생하게 들렸다.

베켈레와 무타이의 도발은 즉시 일본 선수들에게 전해졌다.

두 다리가 쇳덩이 같고 호흡히 가빠서 허파가 터질 지경에 이른 일본 선수들은 마치 허우적거리듯 미친 듯이 더욱 속도를 높였다.

축록지자불견산(逐鹿之者不見山)이라는 말이 있다. 사슴을 쫓다 보면 산을 보지 못한다는 뜻이다.

무사시노의 일본 선수들과 베켈레, 무타이의 경우가 그렇다.

그들의 최종 목적은 이 대회에서 우승하는 것인데도 그걸 잠시 망각하고 태수에게 추월당하지 않으려고 기를 쓰고 있는 것이다.

태수는 26㎞ 지점인 퀸즈보로브릿지를 승부처로 삼을 계획이었는데 본의 아니게 이곳 클린튼언덕이 승부의 분수령이 되고 있는 상황이다.

여기에서 앞선 6명을 초토화시켜 버리면 이후 태수가 편해질 것이다.

이런 위기 상황에서 관록이라는 것이 자연스럽게 드러나는 법이다. 한때 중장거리의 황제였던 베켈레는 오래지 않아서 무타이를 뒤에 뚝 떼어놓고 무사시노의 선두그룹 후미 30m까지 따라붙었다.

언덕에서는 무타이의 긴 다리가 무용지물이다. 그는 뒤로 처지더니 베켈레의 15m까지 밀려나 헐떡거렸다.

그렇다고 해서 일본 선수들의 숏다리가 언덕에 유리하다는 뜻은 아니다.

롱다리든 숏다리든 언덕훈련에 충실했던 선수가 무조건 유리한 법이다.

무사시노의 선두그룹은 갈가리 찢어지기 시작했다. 왜냐면 무사시노가 동료들을 버려두고 자기 혼자 언덕을 질주해서 올라가고 있기 때문이다.

질주라고는 하지만 현재 무사시노의 속도는 ㎞당 2분 58초다. 태수의 2분 35초하고는 비교가 안 된다.

하지만 언덕 꼭대기를 100m쯤 남겨둔 상황에서는 무사시노가 잘 달리고 있다고 봐야 한다.

타타타타탓탓탓탓탓―

태수의 속도는 점점 더 빨라지더니 클린튼언덕 중간지점에 이르렀을 때에는 놀랍게도 ㎞당 2분 30초가 되었다.

그리고 더 놀라운 사실은 무타이가 태수 10m 앞에, 그리고 베켈레는 30m. 선두그룹 후미 일본 선수는 40m 거리에서 달리고 있다는 사실이다.

과연 태수가 일으킨 클린튼언덕의 태풍은 선두그룹과 2위 그룹을 갈가리 찢어발겼다.

탓탓탓탓탓탓탓탓—

"후우욱! 하아앗! 후우욱! 하아앗!"

태수는 보폭을 좀 더 좁게 하고 상체를 조금 더 숙이고는 증기기관차처럼 호흡하면서 아스팔트를 박차며 가일층 속도를 높였다.

그는 클린튼언덕에서 사냥꾼의 집요함과 잔인함을 아주 조금만 보여줄 생각이다. 그래야지만 사냥감들이 조금쯤은 순해질 것이다.

600m 길이의 클린튼언덕 370m 지점에서 태수는 이윽고 무타이를 추월했다.

태수와 베켈레와의 거리는 25m인데 그 순간 베켈레가 선두 그룹 후미의 일본 선수 한 명을 제치고 있는 중이다.

이처럼 중요한 순간에, 그리고 힘겨운 난코스에서 실력의 차이가 여실히 드러나는 법이다.

아마도 클린튼언덕을 다 오르기 전에 베켈레가 나머지 2명의 일본 선수를 추월할 것 같다.

선두 무사시노는 동료들을 죄다 버리고 비로소 클린튼언덕 꼭대기에 올라섰다.

턱턱턱턱턱턱……

"허억… 헉헉헉… 허억… 헉헉……."

그는 허파가 찢어질 것 같고 그 자리에 주저앉고 싶을 정도로 다리가 무거운 상태에서 뒤쪽 언덕 아래를 돌아보다가 깜짝 놀랐다.

베켈레가 무사시노의 동료 3명째를 제치면서 25m까지 따라붙었기 때문이다.

아니, 그보다 놀라운 일은 베켈레 뒤쪽에서 무타이를 추월한 태수가 가장 후미의 일본 선수 꽁무니에 바짝 따라붙은 것을 발견했다는 사실이다.

태수와 무사시노의 거리는 불과 35m.

언덕 아래에서는 200m 거리였는데 클린튼언덕 600m를 오르는 동안 태수가 무려 165m를 단축시킨 것이니 무사시노는 기가 질릴 수밖에 없다.

'칙쇼!'

무사시노는 눈에서 불을 뿜듯이 분노하여 언덕 아래를 질주하여 달려 내려갔다.

내리막길이라면 자신 있는 무사시노는 원래 큰 스트라이드를 더 넓게 해서 210㎝로 질주했다.

터터턱턱—

그러나 그것은 마음뿐이다. 클린튼언덕을 오르느라 기진맥진하여 두 다리에 힘이 풀렸다는 사실을 간과한 그는 헛다리를 짚는 것처럼 무릎이 꺾여서 비틀거리며 하마터면 고꾸라질 뻔했다.

"허어엇!"

그는 급히 자세를 바로잡느라 속도가 뚝 떨어졌다. 그러면서도 지체하다가는 베켈레에게 추월당할 거라는 불안감 때문에 마음이 더할 수 없이 초조했다.

자세를 바로잡기만 한다면 그의 특기 중에 하나인 내리막 스피드로 충분히 100m 이상 거리를 벌려놓을 수가 있을 것이라고 확신했다.

마침내 무사시노는 자세를 바로잡고 상체를 약간 뒤로 눕히며 내달리기 시작했다.

'한국인 따위가……'

한국이라는 나라가 이웃하고 있다는 사실을 역겨워하는 지독한 혐한주의자인 그는 이번 대회를 달리는 동안 셀 수도 없이 '한국인 따위'라든가 '한국인 주제에'라는 말을 속으로 되풀이하고 있다.

타타타타타탁탁탁탁—

그런데 그때 바로 뒤에서 매우 빠른 발걸음 소리가 들려서 무사시노는 부지중에 급히 뒤돌아보았다.

아무리 다리가 풀려서 조금 주춤했기로서니 베켈레가 바로 뒤까지 따라붙다니 속이 뒤집힐 일이다.

"……!"

그런데 뒤돌아보던 무사시노의 얼굴이 똥색깔로 변했다.

바로 뒤까지 따라붙은 사람은 베켈레가 아니라 방금 전에 그가 욕했던 '한국인 따위'였다.

아니, 무사시노가 뒤돌아보고 있는 사이에 한국인 따위는 그의 오른쪽을 빠르게 스쳐 지나가 버렸다.

한순간 자신의 눈을 의심하며 멍한 얼굴로 한국인 따위의 늠름한 뒷모습을 쳐다보기만 하던 무사시노는 정신이 번쩍 들었다.

승부욕이 남달리 강한 무사시노는 속이 뒤집힐 정도가 아니라 아예 천불이 치밀어 올랐다.

'고노야로!'

그는 이 대회의 우승을 떠나서 지금 이 순간 한국인 따위를 따라잡지 못하면 죽어도 좋다는 기분이 들어 무지막지하게 몸을 내던져 달려 내려가기 시작했다.

타타타타타탓탓탓탓탓—

클린턴언덕 꼭대기 지점에서 베켈레를, 그리고 내리막 초반에 무사시노를 추월한 태수는 가슴이 뻥 뚫리는 것처럼 속이 후련했다.

그러나 그는 냉철하게 사태를 판단하여 내리막 중간쯤에서 속도를 조금 늦추었다.

지금은 무사시노를 추월할 때가 아니다. 무사시노든 베켈레든 무타이든 완전히 탈진하게 만들어야 하는데 아직 그 상태까지는 가지 않았다.

클린튼언덕을 넘으면 클린튼거리의 끝자락 직선도로가 3㎞쯤 이어지고 베드포드에비뉴로 들어선다.

언덕을 다 내려와서 시야가 확 트인 평지 직선도로에서 태수는 몹시 지친 것처럼 헐떡이면서 속도를 뚝 떨어뜨렸다.

탁탁탁탁탁탁…….

"하아악! 하아악! 하아악! 학학학……."

㎞당 3분 5초의 속도. 이 정도면 무사시노에 이어서 베켈레, 무타이까지 충분히 태수를 추월할 수 있을 거다. 잠시 자비를 베푸는 것이다.

태수는 조깅을 하듯 천천히 뛰면서 가빠진 호흡과 약간 뻣뻣해진 다리를 풀었다. 그러면서 겉으로는 몹시 지친 것처럼 헐떡거렸다.

탁탁탁탁탁탁탁—

"하악… 하악… 하악… 하악……."

뒤에서 뛰어오는 발걸음 소리와 거친 숨소리가 점점 가까워지고 있다.

태수는 돌아보지 않아도 무사시노라는 걸 알았다. 넓은 스트라이드에 미드풋 착지 발소리다.

이제 곧 태수 옆으로 무사시노가 스쳐 지날 것이다. 아마도 한껏 득의양양한 모습이겠지.

조금 전에 자기를 추월했던 태수를 재차 추월하는 거니까 왜 안 그렇겠는가.

배려심 깊은 태수는 작은 서비스를 준비하기로 했다.

탁탁탁탁탁탁탁—

"하악… 하악… 하악… 하악……."

마치 기차 화통 같은 거친 숨소리가 태수 귀를 울리더니 왼쪽 옆으로 무사시노가 지나가고 있다.

태수는 일부러 그를 쳐다봐 주었다. 그리고 지쳐서 곧 쓰러질 것 같은 표정을 지어 보였다.

태수를 쳐다보면서 지나가는 무사시노의 얼굴에 기고만장한 표정이 떠올랐다.

'한국인 새끼가……'

태수는 km당 2분 50초의 속도 분명히 오버페이스를 하고 있는 무사시노의 뒷모습을 보면서 히죽 미소 지었다.

'그래, 조금만 더 즐겨라. 쪽바리 새끼야.'

잠시 후에 베켈레와 무타이까지 태수를 추월했다.

스톱. 거기까지다.

무사시노와 베켈레, 무타이를 앞에 두고 태수는 빗장을 걸어 잠그고는 다시 조금 속도를 높였다.

태수는 사냥몰이의 재미에 푹 빠져들었다.

태수는 직선도로 3㎞를 ㎞당 2분 55초~3분으로 달리면서 무사시노와 베켈레, 무타이와의 거리를 조정하는 한편 어느 정도 컨디션을 회복했다.

1위는 무사시노, 2위 베켈레, 3위는 무타이다.

무사시노와 베켈레의 거리는 불과 10m다. 무사시노가 아무리 거리를 벌리려고 발악을 하지만 베켈레가 용납하지 않는 상태에서 더도 덜도 아닌 딱 10m 거리를 유지한 채 뒤따르고 있다.

관록의 황제 베켈레라면 무사시노 같은 햇병아리를 마음대로 조종할 수 있을 것이다.

아마도 베켈레는 최소한 35㎞까지는 무사시노를 10m 앞에 두고 가려는 작전인 듯하다.

원래 베켈레는 2개의 작전을 잘 쓰는데, 하나는 줄곧 선두로 달리는 것이고 또 하나가 지금처럼 만만한 상대를 앞에 두고 가다가 적당한 거리에서 추월하는 작전이다.

그렇지만 태수가 보기에 베켈레는 무사시노에 대해서 전혀 모르고 있는 게 분명하다.

무사시노가 어떤 선수인지 사전에 미리 알았더라면 지금 같은 작전을 쓰지 않을 것이다.

현재 무사시노와 베켈레의 km당 속도는 3분이다. 이 속도로 정속 주행하면 피니시라인을 2시간 6분 15~56초에 통과하게 된다.

뉴욕마라톤대회 최고기록은 무타이가 보유하고 있다. 그는 2011년 이 대회에서 2시간 5분 06초로 종전 기록 2시간 7분 43초를 2분 37초나 단축했었다.

또한 무타이는 2013년 뉴욕마라톤대회 우승자이기도 하다. 그때 기록은 2시간 8분 24초였다.

뉴욕마라톤대회 코스는 언덕이 많아서 세계기록을 내지 못하지만 무타이는 이 대회에서 2번이나 우승을 하며 특히 뉴욕마라톤대회에 강한 면모를 보였다.

반면에 베켈레는 뉴욕마라톤대회하고는 인연이 없었다. 중장거리가 전문인 그는 마라톤으로 전향한지 올해로 2년째이기 때문에 마라톤기록은 그다지 좋지 않다.

그렇지만 베켈레는 마라톤에 최초로 입문한 작년 2014년 파리마라톤대회에서 2시간 5분 03초로 종전 기록을 9초 단축하면서 대회 신기록을 세웠었다.

무타이는 절대로 만만한 상대가 아니다. 그가 베를린마라톤대회 이후에 시카고마라톤대회에 출전하지 않았던 이유는 뉴욕마라톤대회에서 우승을 하기 위해서 체력을 비축하려는 의도였다.

무타이는 베켈레 뒤 15m에서 묵묵히 달리고 있다. 그는 언덕에서는 약한 면을 보였지만 평지의 제왕답게 긴 스트라이드 프론트풋 착지로 아스팔트를 내딛고 있다.

태수는 무타이 뒤 10m 거리에서 역시 km당 3분의 속도로 달리고 있다.

태수는 자신이 베를린마라톤대회에서 수립한 세계기록을 경신하려는 욕심은 애초부터 없었다.

더구나 뉴욕마라톤대회처럼 난코스에서는 그저 우승만 해도 감지덕지다.

현재 베드포드에비뉴로 들어서기 직전인 여기까지가 17km 지점이고, 소요된 시간은 50분 40초다.

km당 평균 2분 59초로 달렸다는 얘긴데 아마 클린튼언덕에서 많이 까먹었을 것이다.

클린튼언덕에서 태수는 빨리 달렸으나 무사시노의 선두그룹과 2위 그룹이 늦어져서 전체적으로 시간을 까먹었다.

지금부터 km당 2분 59초의 속도로만 달려도 2시간 6분 초반에 골인할 수 있다.

그렇지만 태수가 조종하고 있는 사냥감 몰이의 결과에 따라서 우승자의 골인 시간은 조금쯤 단축될 수도 있고 늦어질 수도 있을 것이다.

어차피 세계기록을 경신하지 못하는 상황이니까 무슨 수를 써서라도 우승을 해야 할 것이다.

하지만 세상 모든 일에는 변수라는 게 있다는 사실을 태수는 잘 알고 있다. 특히 마라톤에서는 더욱 그렇다.

1636년 네델란드 농부들이 최초에 이 땅에 정착하여 살면서 네델란드의 도시 브뢰컬런(Breukelen)의 이름을 따서 브룩클린이라 지었다고 한다.

브룩클린은 독특한 문화, 독립예술현장과 독특한 건축학적 유산을 지니고 있다.

아프리카계 미국인의 거리인 베드포드에비뉴는 2㎞ 남짓으로 그다지 길지 않다.

그 끄트머리 폴란드계의 거리 그린포인트에서 맨해튼에비뉴로 바뀌면서 거의 직각 좌회전 도로가 나타난다.

태수는 이쯤에서 다시 한 번 사냥몰이로 선두 3명을 흔들어야겠다고 생각했다.

휴식이 길어져서 다른 3명이 컨디션을 회복하게 되면 곤란하다. 휴식과 회복은 태수 혼자만 해도 된다.

이 시점에는 완급 조절이 중요하다. 현재 ㎞당 3분 속도를 3초 정도 올려서 2분 57초의 속도가 적당하다.

이후 그린포인트를 지나면 좀 더 속도를 내서 한바탕 거세게 몰아붙이는 거다.

탁탁탁탁탁탁——

"후우… 하아… 후우… 하아……."

태수는 고른 호흡을 하며 속도를 조금 높였다. 스트라이드
를 넓히는 게 아니라 피치를 조금 빠르게 했다. 스트라이드를
넓히면 체력 소모가 많다.

태수는 플랫주법이 이미 경지에 올랐기 때문에 마음먹은
대로 분당 주행회수를 능수능란하게 조절할 수 있다.

지금까지는 베켈레가 수시로 뒤돌아봤었는데 이제는 3위를
달리고 있는 무타이가 바통을 이어받아 5초에 한 번씩 태수
를 뒤돌아보고 있다.

사실 베를린마라톤대회에서 태수에게 고배를 마셨던 무타
이로서는 태수가 최대 강적이다.

그래서 태수를 10m 뒤에 두고 달린다는 사실이 도화선에
불이 붙은 폭탄을 업고 달리는 기분이다.

속도를 높여서 태수를 더 멀리 떼어놓고 싶지만 조금 전 클
린튼언덕을 오르느라 허비했던 체력이 절반밖에 회복되지 않
은 상태에서는 어려운 일이다.

더구나 앞에는 베켈레가 있다. 그 앞에 있는 일본 선수는
이름도 모르고 신경도 쓰지 않지만 베켈레는 태수 다음으로
무서운 라이벌이다.

참고로 이 대회에서 배번호 1번은 태수가 받았고 무타이는
2번, 베켈레는 3번이며 기록순이다.

기록이 실력을 말해준다. 태수가 배번호 1번을 받은 것은 대회 주최 측의 자비가 아니다.

다시 한 번 뒤돌아보던 무타이는 태수가 5m로 거리를 좁히고 있는 걸 발견하고 심장이 덜컥 내려앉았다.

그는 원래 대범한 성격이었으나 태수하고 달리면서부터 소심한 성격으로 변했다.

타타탁탁탁탁─

무타이가 깜짝 놀라서 속도를 높이려고 할 때 태수가 오른쪽으로 나란히 달리면서 치고 나가려고 했다.

물론 태수는 무타이를 추월할 생각이 조금도 없다. 그저 겁만 주려는 의도였는데 과연 무타이는 똥침 찔린 것처럼 후다닥 달려 나갔다.

무타이가 속도를 높이는 바람에 잠시 후에는 베켈레와 무사시노가 차례로 속도를 높였다.

태수는 km당 2분 57초의 속도로 3분 속도인 무타이를 슬쩍 위협했을 뿐이다.

그런데 순간적으로 무타이는 2분 50초, 베켈레는 2분 45초, 무사시노는 2분 40초의 속도로 튀어 나갔다.

말하자면 태수가 기침을 한 번 하니까 다른 3명에겐 태풍이 몰아치는 것 같은 도미노 현상이다.

그래서 태수는 이번에는 기침을 세차게 2번쯤 더 해보기로 마음먹었다.

타타탓탓탓탓탓—

태수는 속도를 조금 더 높여서 ㎞당 2분 50초로 달렸다.

그러자 무타이와 베켈레, 무사시노는 똑같이 2분 40초로 쏜살같이 달아났다.

사냥몰이의 보조를 맞추기 위해서 태수도 똑같이 ㎞당 2분 40초의 속도를 내서 뒤쫓았다.

마라톤에서 ㎞당 2분 40초는 엄청난 속도다. 그렇게 뛰면 태수라고 해도 3분 이상 지속하기 어렵다. 그래서 그는 딱 3분만 2분 40초로 달려야겠다고 생각했다.

이 기회에 무사시노와 베켈레, 무타이의 스피드를 확인하는 것도 좋은 공부가 될 거다.

태수가 ㎞당 2분 40초로 3분 동안 달리면 리미트는 아니지만 체력보다는 호흡이 매우 가빠진다.

하지만 그는 누구보다도 폐용량과 폐활량이 크다는 강점을 지니고 있어서 앞선 3명보다 빠르게 호흡을 정상화시킬 수 있으리라고 믿었다.

타타타타탓탓탓탓탓—

"후웃! 하앗! 후웃! 하앗!"

태수는 강단 있게 호흡을 하면서 폭주해 나갔다.

무타이는 태수가 설마 ㎞당 2분 40초의 속도로 계속 질주

할 줄은 예상하지 못했었는지 속도를 슬쩍 줄이려고 뒤돌아
보다가 놀라서 스텝이 약간 엉겼다.

2번째 똥침이 무타이의 오금을 저리게 만들었다.

베드포드에비뉴와 그린포인트 교차로를 지나 맨해튼에비뉴
로 들어섰을 때쯤에는 무사시노와 베켈레, 무타이는 그야말로
만신창이가 되어 있었다.

3명은 쉴 새 없이 뒤돌아보면서 태수가 계속 빠른 속도로
거리를 좁혀오는지 확인하느라 정신이 없다.

㎞당 2분 40초의 속도로 3분 가까이 질주하다 보니까 3명
은 허파가 터질 것 같고 심장이 목구멍 밖으로 튀어나올 지경
이 돼버렸다.

"으헉헉헉… 헉헉헉……."

"하아악! 하악! 학학학학……."

㎞당 2분 40초의 속도는 초속 6.27m/s다. 100m를 16초에
달리는 빠르기인데, 마라토너들이 그런 속도로 3분 동안 달린
다는 것은 달리다가 죽으라는 얘기나 다름이 없다.

선두 무사시노 앞에는 선도차와 뉴욕마라톤대회 공식 중계
방송사인 ESPN 중계차만 있을 뿐이고 다른 중계차들과 모터
바이크 촬영 수십 대는 태수까지 4명의 좌우에서 전체 샷을
잡으면서 피 튀기는 중계 전쟁을 벌이고 있다.

바둑은 두고 있는 당사자 2명보다는 옆에서 지켜보는 사람 눈에 더 잘 보이게 마련이다.

중계방송을 통해서 지금까지 상황을 지켜본 전문가들은 대다수가 태수의 작전을 간파했다.

그들은 처음에 태수가 무사시노와 베켈레, 무타이를 추월하려고 부단히 노력하는 줄만 알았었다.

그런데 전문가들이 태수의 작전을 결정적으로 눈치챈 지점이 바로 클린튼언덕이다.

그곳 오르막에서 태수는 무타이와 베켈레, 3명의 일본 선수를 모조리 추월했고, 내리막에서 마침내 선두 무사시노마저도 추월해 버렸다.

그러나 태수는 기껏 내리막을 다 내려와서 평지 직선도로에 이르자 곧 무사시노에게 선두를 뺏기고 말았다.

그뿐만이 아니라 태수는 베켈레와 무타이에게도 연이어서 추월당하고 4위로 밀려났다.

그 상황만 보면 태수가 클린튼언덕에서 스퍼트를 하여 가까스로 선두로 나섰다가 힘에 부쳐서 불과 5초 만에 4위로 밀렸다고 볼 수 있을 것이다.

그러나 그 직후 전문가들의 눈이 번쩍 떠지게 만드는 반전이 일어났다.

4위로 처져서 금방이라도 주저앉을 것처럼 헐떡거리던 태수가 달리는 자세를 바로 하면서 입가에 득의한 미소가 떠오른 모습이 클로즈업되어 전 세계에 중계방송된 것이다.

그러고는 태수는 곧 이븐 페이스로 달리면서 뒤따르는 일본 선수들에게는 추월을 용납하지 않았다.

이 시점에서 마라톤 전문가들은 태수가 고차원의 작전을 구사하고 있다고 단정하기에 이른다.

전문가들은 그런 식의 작전은 일찍이 어느 누구도 구사한 적이 없었다고 입을 모았으며, 이 세기의 작전을 '폭스 헌팅(Fox hunting)'이라고 이름 붙였다.

장차 마라톤계에서 이 작전이 자주 쓰이게 될지도 모르는데 이후 사람들은 이 작전을 '윈드 마스터의 폭스 헌팅'이라고 부르게 될 것이다.

체조에서 어떤 선수가 자신만의 독창적인 기술을 발휘하면 이후 그 기술에 그 선수의 이름을 붙이는 것과 같다. 예를 들면 '코마네치 기술'이나 '양학선 기술' 같은 것이다.

타탁탁탁탁탁탁—

"허헉… 헉헉헉… 하악… 학학학……."

사냥몰이는 성공가도를 달리고 있다.

km당 2분 40초의 속도로 정확하게 3분을 달린 후에도 순위의 변동이 없는 상황이다.

하지만 무사시노와 베켈레, 무타이는 극도로 지쳐서 믿을 수 없게도 현재 ㎞당 3분 5초의 속도로 뚝 떨어져서 달리고 있다.

4위로 뒤따르는 태수 역시 지쳤으나 다리가 아프거나 체력이 급속도로 저하된 것이 아니라 숨이 좀 가쁠 뿐이다.

하지만 거듭 말하듯이 태수의 폐용량과 폐활량은 선천적으로 우월하게 타고났기 때문에 앞선 3명에 비해서 회복이 비교적 빠르다.

20㎞ 지점 급수대를 200m 남겨둔 현재 소요 시간은 59분 16초로 ㎞당 평균 2분 58초다.

17㎞ 지점에서 ㎞당 평균 2분 59초였는데 3분 동안 2분 40초의 빠른 속도로 달린 것이 20㎞ 전체 평균속도를 1초 앞당기는 결과를 가져왔다.

태수의 사냥몰이작전은 성공하고 있지만 이 작전은 위험한 도박이다.

강인한 체력과 정신력이 없으면 시도할 수 없다. 그리고 절대적으로 필요한 것이 승부사적인 모험심이다.

지니고 있는 체력을 100이라고 친다면, 상대들을 80까지 지치게 만들기 위해서 작전을 구사하는 자기 자신도 60~70의 체력 저하를 감내해야 하는 것이다.

만약 상대들을 80까지 지치게 만들었는데 자신도 똑같이

80이 지쳤다면 작전의 실패라고 할 수 있다. 그런 체력으로는 처음부터 시도하지 않는 편이 좋다.

태수가 보기에 무사시노는 베켈레나 무타이만큼 실력이 출중한 편이다.

무사시노가 비공인 세계 2위 기록을 깼다는 말은 거짓말이 아닌 것 같다. 과연 일본이 비밀 병기라고 꼭꼭 감춰둘 만한 뛰어난 선수다.

그렇지만 아직은 풋내가 난다. 태수도 신인 축에 속하지만 무사시노는 22살이라는 젊은 나이가 말해주듯이 경험보다는 자신의 실력을 믿고 감정에 충실한 것 같다.

1위 무사시노와 2위 베켈레의 거리는 15m, 그 뒤 20m에서 무타이가 따르고 있으며, 태수는 무타이 뒤 15m에서 전방의 상황을 예의 주시하면서 어디쯤에서 한 번 더 사냥감들을 몰 것인지 가늠하고 있다.

무사시노와 베켈레, 무타이 3명 모두 방금 전에 끝난 사냥몰이 때문에 기진맥진한 상태인데 태수가 한 번 더 몰면 쓰러지기 직전까지 갈 것이다.

어쩌면 그 상황에서 일대 반전이 일어날 수도 있다.

이제 20㎞. 하프까지는 1㎞ 남짓 남았다.

태수는 아직 체력 저하나 몸의 이상 징조가 없다. 그런 현상은 최소한 35㎞까지 가야 서서히 나타나지만, 오늘은 사냥몰이를 과도하게 했기 때문에 좀 더 빨리 도래할 것이다.

맨해튼에비뉴 끝에 그린포인트에비뉴가 가로로 막혀 있으며, 거기에서 직각 우회전하여 300m쯤 가서 풀라스키브릿지로 향하는 대로에 올라서기 위해서 다시 직각 좌회전을 한다.

우회전해서 300m를 가고 거기서 좌회전, 직각회전이 2번이라면 한 번쯤 더 사냥몰이를 해볼 찬스다.

여기에서 한 번, 그리고 26㎞ 지점 퀸즈보로브릿지에서 마지막으로 사냥몰이를 한 다음에 쭉 치고 나간다.

앞선 3명이 급수대 스페셜 테이블에서 생수와 음료 등을 받으려고 우측으로 붙고 있다.

무사시노가 생수를 받으려는데 일본 코치진이 뒤쪽, 그러니까 태수를 가리키면서 무사시노에게 고함을 지르고 있는데 얼마나 큰지 50m 거리의 태수한테도 들렸다.

태수는 자신의 사냥몰이작전이 중계방송을 본 전문가들에게 간파를 당했고, 그 방송을 접한 일본 코치진이 무사시노에게 알려주고 있는 것 같다고 판단했다.

그래도 상관없다. 무사시노가 그런 사실을 알고 나면 놀라고 분하기는 하겠지만 별다른 대처 방법이 없을 거다.

무사시노가 손에 들고 있는 물을 마실 생각도 하지 않고 태수를 돌아보았다.

태수는 태연하게, 그리고 되도록 늠름하게 어깨를 쭉 펴고 달렸다.

'봐라, 짜샤. 내가 헌터고 너희들은 사냥감이야'라고 태수의 자세와 표정이 말하고 있다.

생수와 음료를 받아 든 베켈레와 무타이도 차례로 태수를 돌아보았다. 그들도 코치진에게 무슨 말을 들은 것 같다.

태수는 입가에 한줄기 미소까지 지으면서 자신의 스페셜 테이블 1번으로 방향을 꺾었다.

어느새 20㎞ 지점 급수대까지 왔는지 민영이 생수병을 내밀면서 환하게 웃었다.

"오빠! 잘하고 있어!"

심윤복 감독은 주먹을 불끈 쥐며 크게 웃었다.

"하하하하! 태수야! 마라톤 전문가들이 네 작전더러 '폭스 헌팅'이란다!"

생수병 2개를 받아 든 태수는 무타이 뒤를 쫓아가면서 속으로 중얼거렸다.

'갖다 붙이기는.'

제30장
뉴욕대첩

태수는 맨해튼에비뉴 끝에서 무타이가 우회전을 하자마자 스퍼트했다.

타타타타탁탁탁탁―

무타이하고 15m 거리였는데 이번 스퍼트로 무타이를 추월하고 베켈레까지 위협할 생각이다.

그러면 베켈레와 무사시노는 부리나케 도망칠 거고, 무타이는 죽어라고 쫓아올 게 분명하다.

사냥몰이를 한 지 얼마 지나지 않았기 때문에 무타이는 아직 지쳐 있을 테니까 태수가 우회전하자마자 무타이의 그림자를 밟을 정도로 가까워질 것이다.

그런 생각을 하면서 태수는 km당 2분 50초의 속도로 우회전 모퉁이를 돌았다.

타타탁탁타―

"……!"

그런데 태수는 뜻밖의 상황에 직면했다. 우회전을 하면 무타이하고 부딪칠 정도로 가깝게 따라잡았을 거라고 짐작했는데 오히려 무타이가 20m로 멀어져 있다.

원래 거리가 15m였는데 20m로 멀어졌다면 무타이가 태수보다 더 빠르게 달렸다는 뜻이다.

그렇다면 무타이는 우회전을 하자마자 태수가 스퍼트할 거라는 사실을 짐작하고 자기가 먼저 스퍼트를 한 것일 수도 있다.

아니면 태수의 사냥몰이하고는 상관없이 그를 떨어뜨리려고 스퍼트를 했을 수도 있다.

어쨌든 무타이가 스퍼트하니까 베켈레와 무사시노도 동시에 속도를 높여 달려 나갔다.

그러나 베켈레와 무사시노는 태수가 또다시 스퍼트한 것으로 오해를 했다.

타타타탓탓탓탓―

무사시노와 베켈레, 무타이는 고꾸라질듯이 달리고 있다.

이들 3명은 20㎞ 급수대에서 코치에게 태수의 '폭스 헌팅'에 대해서 들었지만 반응은 제각기 다르다.

무사시노는 그 사실을 속으로 곱씹으면서 어떻게 할 것인지 궁리하고 있는 중이다.

그리고 베켈레는 해볼 테면 해보라는 식이고, 무타이는 절대로 당하지 않겠다고 이를 갈고 있다.

베켈레와 무타이는 베를린마라톤대회에서 태수의 놀라운 스피드와 지구력에 대해서 경험했기 때문에 극도로 경계하고 있다.

반면에 무사시노는 태수에 대한 자료를 외우다시피 했으면서도 경계하기보다는 그를 이길 수 있다고 자신만만하게 생각한다.

태수는 20m 앞에서 질주하고 있는 무타이를 보면서 순간적으로 조금 당황했다.

그러나 이 상황에서는 선택의 여지가 없다는 사실을 곧 깨달았다.

앞선 3명이 모두 쏜살같이 달리기 때문에 뒤쫓지 않는다면 태수가 도태되고 말 것이다.

무타이의 도발은 태수의 사냥몰이에 적신호까지는 아니더라도 작은 경종을 울려주었다.

지금까지 태수가 사냥몰이를 할 때마다 앞선 3명이 고분고

분 당했기 때문에 태수는 상대들을 호락호락하게만 생각했었는데 그게 아니다.

3명의 상대들도 각각의 인격체로서 두뇌가 있는 사람들이므로 충분히 생각을 할 수가 있다.

더구나 코치들로부터 태수의 '폭스 헌팅'에 대해서 들었기 때문에 대응책을 생각하지 않았을 리가 없다. 역지사지, 태수가 그들의 입장이라고 해도 그러고도 남을 것이다.

태수는 무타이와의 거리를 20m로 유지한 상태로 달리면서 과연 앞선 3명이 취할 수 있는 대응책이 뭐가 있을까 곰곰이 생각해 보았다.

탁탁탁탁탁탁—

선두주자 무사시노에서 4위 태수까지 4명은 10m~15m의 거리를 두고 풀라스키브릿지 위를 달리고 있다.

조금 전에 태수가 시도했던 사냥몰이는 결국 별다른 소득 없이 흐지부지 끝나고 말았었다.

하지만 태수는 한 번의 사냥몰이에서 얻을 수 있는 효과보다 더 큰 깨달음을 얻었다.

생각은 나만 하는 게 아니고 또 작전을 잘못 쓰다가 자칫 당할 수도 있다는 사실이다.

뉴타운크릭 위에 가로놓인 풀라스키브릿지를 건너면 퀸즈다.

뉴욕마라톤대회는 뉴욕시티의 자치구인 5개 보로(Borough)를 모두 거치는데, 스테이튼아일랜드에서 출발하여 브룩클린, 퀸즈, 맨해튼, 브롱스, 그리고 다시 맨해튼으로 돌아와 센트럴파크에서 골인한다.

풀라스키브릿지를 건너면 21.0975㎞ 하프 지점이고, 거기에서 500m쯤 가다가 좌회전하여 버논거리에서 우회전하여 직선 도로가 1.5㎞ 정도 이어진다.

이후 우회전하여 700m. 다시 좌회전하여 1.3㎞ 가서 마침내 맨해튼으로 건너가는 퀸즈보로브릿지에 올라선다.

태수가 풀라스키브릿지를 건너 하프 지점에 이르렀을 때 시간은 1시간 2분 25초다. ㎞당 평균 2분 58초의 속도다.

그렇다면 4위인 태수보다 앞서 달리고 있는 무사시노와 베켈레, 무타이의 기록이 더 좋을 것이다.

이대로만 가면 2011년에 무타이가 세운 뉴욕마라톤대회 신기록 2시간 5분 06초를 경신할 수도 있다. 달리 변수가 일어나지 않는다면 말이다.

1위 무사시노부터 4위 태수까지 느리지도 빠르지도 않은 현재 ㎞당 3분 페이스로 달리고 있다.

하지만 어느 누구도 먼저 속도를 올리려고 하지 않고 묵묵히 달리기만 했다.

태수의 여러 차례 사냥몰이 때문에 지치기도 많이 지쳐서 쉬고 있는 것 같았다.

조금 전에 사냥몰이를 실패한 태수는 퀸즈보로브릿지에서 마지막 사냥몰이를 실행하여 앞선 3명을 파김치로 만들어놓고 단독 선두로 나서야겠다는 구상을 했다.

퀸즈보로브릿지까지는 약 3.8㎞ 정도가 남았다.

탁탁탁탁탁탁—

"후웃! 하앗! 후웃! 하앗!"

태수는 규칙적인 호흡과 미끄러지는 듯한 플랫주법으로 여유 있게 달렸다.

무타이하고의 거리가 조금 전보다 5m쯤 벌어졌지만 신경 쓸 일은 아니다.

그때 태수에게서 60m 거리의 선두 무사시노가 좌회전을 하기 시작했고, 잠시 후에 모퉁이의 빌딩에 가려져서 보이지 않았다.

이어서 베켈레와 무타이가 차례로 좌회전했으며 최초 무사시노가 좌회전하고 정확하게 10초 후에 태수가 마지막으로 좌회전을 했다.

탁탁탁타탁탁탁탁……

직선도로 태수 앞에는 무타이가 여전히 20m의 거리를 두고 3위로 달리고 있다.

직선도로라서 무타이 앞쪽 베켈레의 모습이 보였다가 가려졌다가를 반복했다.

그렇게 400m쯤 달려서 앞에 버논거리가 나타나자 도로 좌측으로 달리던 선수들이 우회전하기 위해서 도로의 우측 가장자리로 달리면서 이동했다.

'뭐야, 저거?'

그런데 태수의 눈이 커졌다. 태수 앞쪽의 3명 모두 도로 좌측에서 일직선으로 달릴 때는 몰랐었는데, 선두부터 도로 우측으로 이동하는 걸 보고는 아까하고는 달라진 상황이 눈에 확 들어왔다.

선두 무사시노가 태수로부터 150m쯤 멀어진 것이다. 전혀 예상하지 못했던 일이다.

아까 좌회전하기 전에는 태수와 선두가 60m 거리였는데 좌회전을 하고 또 직선도로 400m를 달리는 동안 무려 90m나 더 멀어진 것이다.

'저 자식이?'

무사시노가 잔꾀를 쓰고 있다. 태수가 뒤에서 사냥몰이를 했던 것을 역으로 이용하고 있는 것이다.

말하자면 좌회전을 했을 때와 직선도로에서 선두가 잘 보이지 않는다는 사실을 이용해서 사냥감이 달아나고 있는 중이다. 사냥몰이에서 사냥감이 달아나면 사냥 끝이다.

그런데 더 웃기는 건 그런데도 베켈레와 무타이는 무사시노를 내버려 두고 있다는 사실이다.

베켈레와 무타이가 무사시노에 대해서 사전에 모르고 있었다고 해도, 무사시노가 23㎞를 달려온 현재까지 줄곧 1위를 달리고 있는 것을 보면 실력을 웬만큼 인정해야 하는데도 여전히 방치하고 있는 것이다.

처음이나 마찬가지로 베켈레와 무타이는 아직까지도 태수만 경계하고 있다.

그래서 태수가 스퍼트해야지만 반응을 하고 그가 천천히 가면 자기들도 속도를 늦춘다.

베켈레는 무사시노가 120m나 앞서가고 있지만 눈썹도 까딱하지 않는다.

베켈레는 나름대로 자신의 데이터를 신뢰하는 편인데, 그의 데이터에는 '세계정상급 마라토너'에 무사시노라는 이름은 들어 있지 않았다.

'멍청하게…….'

태수의 얼굴이 일그러졌다.

이제 무사시노가 우회전을 하면 더 빠른 속도로 모두의 시야에서 멀어질 것이다.

태수는 속이 바싹 탔다.

'어떻게 하지?'

문득 아까 출발 전에 만났던 조선일보 뉴욕 지국장 양현수의 말이 생각났다.

그는 무사시노가 중고등학생 때 중장거리 선수였으며 스피드가 뛰어나다는 정보를 건넸었다.

스피드가 좋다고 해서 마라톤을 잘하는 건 아니다. 마라톤의 핵심은 이븐 페이스라고 태수는 굳게 믿고 있다. 그렇다고 해서 스피드가 전혀 소용없는 것은 아니다.

마라톤을 오케스트라에 비유한다면, 스피드는 바이올린 같은 존재라고 할 수 있다.

무사시노는 바이올린 중에서도 제1파트를 맡고 있는 바이올린이다. 그만큼 중요하다.

태수가 스퍼트하면 베켈레와 무타이도 덩달아서 줄행랑을 칠 것이다.

26㎞ 지점 퀸즈보로브릿지에서 마지막 사냥몰이를 해야 하는데 여긴 너무 이르다. 그래도 무사시노의 폭주를 이대로 보고 있을 수만은 없다.

타타타타탁탁탁탁―

결국 태수는 버논거리 우회전을 100m쯤 남겨둔 지점에서 스퍼트를 시작했다. 처음에는 ㎞당 2분 50초의 조금 빠른 속도로 달렸다.

예상했던 대로 태수가 스퍼트하니까 무타이와 베켈레가 차레로 스퍼트하여 달려 나갔다.

우회전을 하자마자 전방을 살핀 태수는 무사시노가 거의 200m까지 멀어진 것을 확인했다.

태수가 보기에 무사시노는 km당 2분 40초 이상의 속도로 달리는 게 분명했다.

무사시노는 여기에서 2, 3, 4위를 모두 떼어버리려고 작심을 한 것 같았다. 그에겐 여기가 승부처다.

그런데 무사시노가 과연 저렇게 빠른 속도로 얼마나 오래 갈 수 있을지 궁금했다.

그때 태수는 결정을 내렸다. 지금부터 km당 2분 53초 이븐 페이스로 가기로 마음먹었다.

무사시노가 km당 2분 40초 이상의 속도로 달리는데 그보다 13초나 느린 속도로 간다는 것은 태수가 던진 또 하나의 승부수다.

무사시노의 km당 2분 40초보다는 느리지만 태수의 2분 53초도 결코 느린 속도가 아니다.

지금부터 그 속도를 유지한 채 줄곧 피니시까지 간다면 2시간 3분대에 골인할 수 있다.

태수의 계산으로는 무사시노는 km당 2분 40초 이상의 속도로 길어야 3~4분 정도 가는 게 한계일 것이다.

그렇다면 무사시노는 퀸즈보로브릿지에 올라서기 전에 지

쳐서 속도를 줄일 것이다.

그러면 늦어도 퀸즈보로브릿지를 건너기 전에 태수가 무사시노를 잡을 수 있다.

타타탁탁탁탁탁—

"후웃! 하앗! 후웃! 하앗!"

태수는 버논거리에서 우회전을 했다.

앞선 무타이와 베켈레는 쉴 새 없이 태수를 뒤돌아보면서 15m~20m 거리를 유지하고 있다.

그때 문득 태수는 베켈레와 무타이가 어쩌면 무사시노가 평범한 놈이 아니라는 사실을 지금쯤 알아차렸을지도 모른다는 생각이 들었다.

그러면서도 무사시노를 따라가지 않고 태수를 경계하는 이유는 무사시노보다 태수가 더 강력한 라이벌이라고 믿기 때문일 것이다.

태수는 무조건 우승을 노린다. 그러니까 베켈레와 무타이는 태수만 경계하면서 계속 앞서 달리면 결국 무사시노와 태수 둘 다 잡을 수 있을 것이라고 계산하는 것 같다.

직선도로에서 무타이와 베켈레에 가려서 무사시노의 모습은 보이지 않았다.

모두들 도로 오른쪽 가장자리에서 일렬로 달리고 있는데

태수는 약간 왼쪽으로 몇 m쯤 비스듬히 나아가 앞쪽을 살펴보았다.

선두 무사시노와 선도차, 중계방송차량과 모터바이크들의 모습이 보였다.

중계차량과 중계 모터바이크들이 아까보다는 더 많이 무사시노를 촬영하고 있다.

지금의 양상으로 볼 때 아마도 무사시노가 강력한 우승후보일지도 모른다고 예상하는 것 같다.

태수와 무사시노의 거리가 족히 250m는 될 것 같았다. 조금 전보다 50m 더 벌어졌다.

탁탁탁탁탁탁—

"후웃… 하앗… 후웃… 하앗……."

버논거리에서 우회전한 태수는 여전히 ㎞당 2분 53초의 속도로 달리고 있다.

이 도로는 700m 길이의 44th Ave이다. 도로 끝에 가로로 21st St가 있으며, 거길 올라서면서 좌회전하여 1.3㎞를 가면 퀸즈보로브릿지가 나타난다.

태수는 무사시노하고 얼마나 거리가 벌어졌는지 더 이상 보려고 하지 않았다.

볼 필요가 없다. 몇 분 후에 무사시노의 스피드가 느려지면 충분히 따라잡을 수 있다고 확신하기 때문이다.

태수가 현재 속도를 이븐 페이스로 남은 거리를 간다면 2시간 3분대에 골인할 수 있다.

지금까지 어느 누구도 뉴욕마라톤대회에서 2시간 3분대에 골인한 사람이 없었다.

뉴욕마라톤대회 최고기록은 2011년 무타이가 세운 2시간 5분 06초니까 2시간 3분대면 최소한 1분 30초~2분을 단축하는 시간이다.

그렇지만 앞으로 난코스가 적지 않기 때문에 2시간 3분대는 어려울 것 같다.

다시 말하지만 태수는 기록 경신보다는 우승을 목표로 삼고 있으므로 시간에 연연하지는 않는다.

무사시노가 ㎞당 2분 40초로 가든, 베켈레와 무타이가 별별 짓을 다 하든 상관이 없다. 태수는 마이 웨이, 자신의 길만 묵묵히 가면 되는 것이다.

그때 도로 끝의 야트막한 언덕 위로 달려 올라가고 있는 선두의 모습이 보였다.

너무 멀어서 누군지 정확하게 알 수는 없지만 분명히 무사시노일 것이다.

그는 선도차와 중계방송차들에 둘러싸여 언덕 위의 21st St 도로를 향해 달려 오르고 있다.

보려고 해서 본 게 아니라 그냥 눈에 띄었다. 태수하고의 거리는 못해도 400m 이상은 될 것 같았다.

무사시노의 현재 속도를 알 수는 없지만 아직은 스피드가 죽지 않았을 거라고 추측했다.

무사시노가 언제 스퍼트를 시작했는지 정확한 시간은 모르지만 대충 2분 20초쯤 지난 것 같다.

이상하게도 태수는 무사시노가 멀어지면 멀어질수록 그를 이길 수 있다는 확신이 점점 강해졌다.

그런데 그때 또 한 번의 예상하지 못했던 일이 일어났다.

베켈레가 스퍼트했다.

태수도 무타이도 베켈레가 지금 이 시점에서 스퍼트를 할 줄은 예상하지 못했기 때문에 잠시 넋 놓고 있는 사이에 베켈레는 무타이에게서 40m나 멀어졌다.

23㎞가 지난 현재 선두 무사시노가 너무 앞서가니까 베켈레로서는 걱정이 되는 것 같다.

베켈레가 태수를 경계한다고 해도 최종 목적은 우승이니까, 그리고 주로에서는 의논할 사람이 없기 때문에 스스로 결정을 내리고 행동해야만 한다.

베켈레는 태수처럼 복잡한 계산은 할 줄 모르거나 하기 싫고 또 태수 같은 승부사적인 기질이 없는 듯했다.

무타이가 태수를 뒤돌아보았다. 베켈레가 스퍼트했으니까

태수도 스퍼트할 거라고 생각한 모양이다.

그러나 태수가 이븐 페이스로 달리는 것을 본 무타이가 몇 걸음 가서 또 뒤돌아보았다.

무타이는 이번만큼은 태수가 스퍼트할 거라고 믿었다.

처음부터 베켈레와 무타이는 무사시노를 무시했었으니까 태수도 그럴 것이고, 이 대회의 진정한 라이벌은 태수와 베켈레, 무타이 3명뿐이라고 생각했다.

그런데 이제 라이벌 중에 한 명인 베켈레가 스퍼트를 했으니까 태수도 당연히 그럴 거라고 생각했다.

그런데 무타이가 3번째 뒤돌아볼 때까지도 태수는 지금까지의 속도를 견지하며 묵묵히 달리기만 했다.

다시 앞을 본 무타이는 베켈레하고의 거리가 60m까지 벌어지자 그냥 달려 나갔다.

착착착착착착착—

무타이가 프론트풋 착지로 스퍼트하는 경쾌한 소리가 태수에게까지 들렸다.

㎞당 2분 40초의 빠른 속도로 질주하는 무타이는 태수에게서 빠르게 멀어졌다.

도로에 덩그렇게 혼자 남은 태수가 뒤돌아보니까 5위는 보이지도 않았다.

갑자기 예상하지도 않았던 이상한 적막감이 엄습했다. 그러면서 이러다가 낙오되는 것이 아닌지, 입상권에도 들지 못하는 건 아닌가 하는 막연한 걱정이 찾아들었다.

지금 이런 상황에서 그런 생각이 들지 않으면 그게 외려 더 이상한 일이다.

태수 주위에는 대한민국 KBS와 MBC 모터바이크 2대만 달랑 남아서 촬영을 하고 있다.

촬영기사의 얼굴에 우려하는 표정이 너무도 역력해서 태수 눈에도 잘 보일 정도다.

탁탁탁탁탁탁—

"후훗! 하핫! 후훗! 하핫!"

태수는 km당 2분 53~54초의 속도를 유지하면서 퀸즈보로브릿지로 들어섰다.

태수의 앞에도, 그리고 뒤에도 선수는 한 명도 보이지 않았다. 퀸즈보로브릿지 위에는 오직 태수 한 명뿐이다. 태수는 마치 뉴욕마라톤대회를 자신 혼자 달리는 기분이다.

마라톤이란 원래 고독한 자신과의 싸움인데 지금은 더욱 그런 기분이 절절했다.

25km 급수대는 퀸즈보로브릿지 중간지점에 설치됐다.

태수는 급수대 1번 스페셜 테이블로 향했다. 갈증 때문이기도 하지만 이런 상황에서는 어떻게 해야 할지 심윤복 감독의 조언이 필요했다.

그런데 1번 스페셜 테이블에 심윤복 감독과 민영이 보이지 않았다.

뉴욕의 교통이 지독하다더니 이곳까지 시간에 맞춰서 오지 못한 것 같았다.

1번 스페셜 테이블에는 타라스포츠 복장을 입은 한국 아가씨 대여섯 명이 있는데 뜻밖에도 그녀들이 태수에게 생수병과 음료병을 내주면서 소리쳤다.

"태수 씨! 무사시노는 450m 앞에 있어요!"

"무사시노 속도는 km당 2분 50초예요!"

"무사시노 150m 뒤에 베켈레가 있어요!"

"베켈레 40m 뒤에 무타이가 있어요!"

"태수 씨는 지금 작전대로 가세요!"

"파이팅!

놀랍게도 태수가 생수병과 음료병을 받아서 다시 달려가는 그 짧은 시간에 아가씨들은 마치 많은 연습을 했던 것처럼 차례로 크게 외쳐 주었다. 그리고 마지막에는 아가씨들이 입을 모아 파이팅을 외쳤다.

그녀들이 한 명씩 알려준 정보 하나하나가 모두 중요하지만 태수는 그녀들 모두가 입을 모아 목청껏 '파이팅!'이라고 외쳐 준 것이 더 고마웠고 힘이 부쩍 났다.

아마도 25km 급수대에 시간에 맞춰서 도착하지 못한 심윤복 감독이 휴대폰으로 급수대의 타라 아가씨들에게 지시를 내렸던 모양이다.

선두 무사시노는 태수에게서 450m 앞에 있다고 한다.

마라톤에서 450m라는 거리는 다들 비슷한 속도로 달렸을 경우에 절대로 추월할 수 없는 '불가능의 거리'다.

그렇지만 태수의 작전이 맞아떨어진다면 충분히 따라잡을 수 있는 거리이기도 하다.

무사시노 150m 뒤에 베켈레가 있고, 그 뒤 40m에 무타이가 있다고 했다.

처음에 무사시노가 스퍼트했을 때 잠시 후에 베켈레가 스퍼트했지만 결국 무사시노를 따라잡지는 못했다.

베켈레의 스피드는 마라톤 세계에서 몇 손가락에 꼽을 정도로 알아주는데 그가 따라잡지 못했다면 무사시노의 스피드가 대단하다는 뜻이다.

지금 무사시노가 스퍼트한 지 5분이 지났다. 그런데 km당 2분 50초의 속도라고 한다.

처음에 스퍼트해서 5분 동안 줄곧 km당 2분 40초로 간 것인지 아니면 조금씩 속도가 느려져서 2분 50초가 됐는지는 알 수가 없다.

어쨌든 태수보다 450m 앞섰다면 약 5분 동안 km당 평균 2분

40~45초의 속도로 달리다가 450m를 벌려놓고는 이후 2분 50초로 가는 것일 가능성이 크다.

그런 속도로 5분을 달리고 나서 아직도 ㎞당 2분 50초로 달리고 있다는 것은 태수가 예상했던 것 이상이다. 아니, 솔직히 말해서 무사시노에 대해서 별로 생각한 것이 없다. 그만큼 과소평가했었다.

'그놈 초인인가?'

얼토당토않게 그런 생각이 들었다. 그러고는 태수 자신은 그렇게 달렸던 적이 있었나? 하는 생각도 들었다.

아마 그렇게 달렸던 적이 있었을 것이지만 지금은 하나도 기억나지 않았다.

그렇다고 해서 불안감이나 초조한 생각 같은 것은 없다. 아직도 태수는 자신의 작전이 먹힐 것이라고 믿었다.

그러는 데에는 나름대로 이유가 있다. 아니, 이유라기보다는 계산이다.

마라토너에겐 연습량만큼의 에너지가 있다. 세계정상급 마라토너가 기본적으로 갖고 있는 에너지를 100이라고 하자.

그 100에서 어떤 훈련을 했으며, 얼마나 강도 높은 훈련과 질 좋은 테이퍼링, 휴식을 취했느냐에 따라서 플러스알파가 보태진다.

아무리 좋은 차를 갖고 있어도 기름이 없으면 차가 움직이지 못하는 것처럼, 제아무리 훌륭한 몸과 다리, 체력을 지니고 있다고 해도 에너지가 받쳐 주지 않으면 무용지물이다.

그래서 마라톤풀코스를 뛴다는 것은 100만큼의 에너지에서 얼마를 더 보유하고 있느냐가 승부를 판가름 짓는다.

그리고 그것만큼 중요한 것이 작전이다. 90%의 좋은 몸에 10%의 두뇌를 갖고 있다면 그저 매번 입상권 언저리에서 뱅뱅 돌 뿐이다.

태수의 생각은, 90%의 몸에 110%의 두뇌를 지니고 있어야 한다는 것이다. 탄탄한 육체보다 더 중요한 것이 두뇌, 즉 작전이라고 믿는다.

합쳐서 200%다. 100%로는 승리할 수 없다. 그 이상이 되어야지만 마라톤계에 불멸의 신화를 창조하고 전설로 남을 수 있다고 태수는 굳게 믿는다.

탁탁탁탁탁탁탁—

"후웃! 하앗! 후웃! 하앗!"

태수는 이스트강에 떠 있는 루즈벨트섬 위에 가로놓인 퀸즈보로브릿지 마지막 구간을 힘차게 달리고 있다.

태수는 퀸즈보로브릿지를 건너 맨해튼으로 들어서 300m쯤 달리다가 우회전하여 2nd Ave로 들어섰다.

도로 우측에 27㎞ 팻말이 보였다. 시계를 보니까 1시간 20분

17초다.

km당 평균 2분 58초의 속도로 달렸다. 남은 15.195km를 이 속도로 달리면 최대 44분 36초. 더하면 2시간 4분 53초다. 어쩌면 2시간 5분대로 넘어갈지도 모른다.

'어째서 이렇게 늦어진 거지?'

태수의 계산대로 하면 27km 지점에서 1시간 19분대여야만 한다. 그래야지 피니시까지 2시간 3분대에 골인할 수가 있는 것이다.

태수는 조금 속도를 높였다.

탁탁탁탁탁탁탁—

"하악! 후욱! 하악! 후욱!"

시계를 작동하여 속도를 재보았다. km당 2분 53초다.

'이런 빌어먹을······.'

그는 속으로 욕을 퍼부었다.

속도를 조금 높였다는 게 km당 2분 53초다.

그럼 지금까지 2분 53초보다 느린 속도였다는 얘기다.

그렇다면 도대체 얼마나 오래 2분 53초보다 느리게 달렸다는 건가?

돌아버릴 것만 같다.

혼자 뒤처졌다는 게 태수 자신도 모르게 불안감으로 작용을 한 것인가? 그렇다면 속도를 높였어야지 느려졌다는 게 말이 안 된다.

조금 전 25㎞ 급수대에서 타라 아가씨가 알려준 무사시노와의 거리는 450m였는데 지금은 더 멀어졌을 수도 있다.

다행히 무사시노의 속도가 조금 떨어졌다면 여전히 450m이거나 조금 가까워졌을 수도 있겠지만, 태수의 성격은 유리한 경우보다는 불리한 경우를 더 염두에 둔다.

'2분 50초로 가자.'

탁탁탁탁탁탁—

"하악! 후욱! 하악! 후욱! 하악! 후욱!"

속도를 조금 더 높였다.

그런데 조금씩 숨이 차오르고 햄스트링이 고무줄을 당기듯 조여드는 듯한 느낌이다.

태수는 갑자기 불안감과 고독감이 동시에 엄습하는 것을 느꼈다.

무사시노가 스퍼트하고, 베켈레와 무타이까지 우르르 사라졌던 아까까지는 괜찮았는데 어째서 지금에서야 절절한 고독이 느껴지는지 모를 일이다.

꽤쟁쟁쟁… 따따땅땅땅…….

아리랑~ 아리랑~ 아라리요~ 아리랑 고개를 넘어간다~

나를 버리고 가시는 님은~ 십 리도 못 가서 발병 난다~

갑자기 와자하게 터지는 귀에 익은 소리에 태수는 고개를 돌려 도로 우측을 쳐다보았다.

인도에 곱게 한복을 입은 교민 수십 명이 늘어서서 꽹과리와 장구를 치면서 흥겹게 아리랑을 부르고 있다.

꽤꽤꽹! 뚜당땅!

"한태수 파이팅!"

뉴욕한국교민들은 아리랑을 부르는 중간에 꽹과리와 장구를 힘차게 두드리며 목청껏 외쳤다.

꽹꽹꽹꽹! 땅땅땅땅!

"한태수! 힘내라!"

아리랑~ 아리랑~ 아라리요~ 아리랑 고개를 넘어간다~

방금 전까지 절절한 고독감과 불안감을 느끼고 있던 태수는 교포들의 힘찬 응원에 정신이 번쩍 들고 힘이 솟았다.

태수는 자신이 외톨이가 아니라는 사실을 새삼스럽게 느꼈다.

고향에는 엄마와 누이동생이 있으며 사랑하는 혜원도 있다.

뿐만 아니라 태수의 사랑을 애타게 갈망하면서 그의 그림자처럼 챙겨주는 민영이 있다.

아버지처럼 보살펴 주는 심윤복 감독과 마치 누나 같은 닥터 나순덕, 그뿐만 아니라 뒤늦게 만났으나 형제 같은 신나라와 손주열도 있다.

그리고 티루네시와 마레 디바바.

"대한민국……."

생각하려고 해서가 아니라 그냥 불쑥 태수의 목젖을 울리며 하나의 중얼거림이 메마른 입술 사이로 새어 나왔다.

미우나 고우나 태수에겐 돌아갈 고향 조국이 있다.

그가 태어났고 죽어서 뼈를 묻어야 할 조국이다.

군대에서 2년 동안 조국이 어떻고 대한민국에 충성을 해야 한다는 둥 흰소리를 귀가 따갑게 들었으나 사실 하나도 가슴에 남는 게 없었다.

그런데 지금은 이국만리 뉴욕시티 한복판에서 누가 시키지도 않은 애국심 비스무리한 것이 샘물처럼 가슴속에서 펑펑 솟구쳤다.

달려가는 태수 뒤쪽에서 꽹과리, 장구, 북소리와 아리랑 소리, 그리고 파이팅을 외치는 함성이 아까보다 더 크게 들렸다.

문득 태수는 고개를 돌려 교포들을 돌아보다가 한 사람을 발견하고 움찔 놀랐다.

두루마기를 입고 백발과 흰 수염을 펄펄 날리는 교포 할아버지 한 분이 인도에서 두 손으로 잡은 대형 태극기를 머리 위에 펼친 채 태수를 따라 달리면서 뭐라고 외치고 있는 모습을 발견한 것이다.

그분의 외침을 듣기 위해서 태수는 약간 속도를 늦추었다.

태수와 할아버지의 시선이 마주쳤다.

할아버지는 태수를 보며 신바람이 나서 머리 위의 태극기를 흔들며 달리면서 외쳤다.

"대한민국 만세—!"

대한민국이 압제에서 독립한 것도 아니고 남북통일이 된 것도 아닌데 뉴욕 시내 한가운데에서 뜬금없이 무슨 대한민국 만세라는 말인가.

그런데도 태수는 울컥! 하고 속에서 아주 뜨거운 것이 치밀어 올랐다.

"에이… 정말 저 할아버지는……."

태수는 괜히 의미도 없는 말을 중얼거리며 주먹으로 눈두덩을 문질렀다.

다시 한 번 돌아보았다. 두루마기의 할아버지는 여전히 인도에서 태극기를 휘날리면서 뒤따라오며 대한민국 만세를 외치고 계신다.

이름도 성도 아무것도 모르는 분이지만 한 가지 사실만은 분명하다. 저분은 대한민국의 할아버지시다.

애국심 같은 거창한 말보다는 저런 분의 응원이 태수에게 불길이 되고 기름이 돼주었다.

타타탁탁탁탁탁—

"후웃! 하앗! 후웃! 하앗! 후웃! 하앗!"

조금 전까지는 숨이 가빠오기 시작하고 햄스트링이 당겼으나 어떻게 된 일인지 지금은 말짱했다. 아니, 말짱하다 못해서 힘이 펄펄 넘쳤다.

태수는 달리면서도 흰 두루마기를 입고 태극기를 휘날리던 할아버지의 모습이 뇌리에서 오랫동안 지워지지 않았다.

교포들의 열띤 응원과 할아버지의 폭주로 인한 약발은 꽤 오래 태수를 버티게 해주었다.

탁탁탁탁탁탁—

"헉헉헉헉헉헉……."

햄스트링이 당기고 호흡이 조금 더 가빠졌으나 기분 좋은 고통으로 승화시켜 버렸다.

2nd Ave는 맨해튼의 끝 북쪽에 흐르는 할렘리버까지 줄곧 직선도로다.

4.5㎞ 길이의 직선도로를 절반 이상 달리는 동안 태수는 앞선 3명의 그림자도 보지 못했다.

지금 태수가 믿고 있는 것은 2개다. 앞선 3명이 오랫동안 빠른 속도로 달렸으니까 지쳐서 속도가 떨어졌을 것이라는 사실과, 그렇게 무리를 했기 때문에 그들에게 러너스 하이와 마의 벽에 훨씬 더 빨리 찾아올 거라는 사실이다.

'이븐 페이스… 이븐 페이스……'

현재로써 태수를 지탱해 주는 힘은 이븐 페이스뿐이다.

이미 주사위는 던져졌다. 이제 와서 마음이 급해 이것저것 작전을 구사하다가는 죽도 밥도 안 될 것이다.

30㎞가 가까워지고 있는 지금 태수는 새로운 사실 하나를 배웠다.

'아니 땐 굴뚝에 연기나랴'라는 속담이다. 심윤복 감독과 조선일보 뉴욕 지국장 양현수가 무사시노에 대해서 누누이 말할 때는 분명히 뭔가 있기 때문이었다.

그것을 태수는 귓등으로 들었다. 원래 호들갑스러운 일본인들이 비밀 병기니 뭐니 연막을 치는 거라고 여겼었다.

그런데 막상 뚜껑을 열어보니까 무사시노는 베켈레와 무타이에 버금가는 출중한 실력을 지녔다.

아니, 지금 상황으로는 무사시노가 베켈레나 무타이보다 월등한 실력을 보이고 있다.

태수의 계산대로라면 30㎞ 지점인 지금쯤 무사시노하고 적어도 몇십 미터 거리로 좁혀졌어야 하는데 직선도로가 4.5㎞나 뻗은 여기에서도 무사시노는커녕 무타이마저도 보이지가 않고 있다.

직선도로라고 하지만 대로를 완전히 통제한 것은 아니다. 3위 무타이와 4위 태수의 간격이 너무 멀기 때문에 경찰들이 중간에 차량이나 사람들을 지나가게 하고 있어서 시야가 가려 보이지 않을 수도 있다.

탁탁탁탁탁탁탁—

"헉헉헉헉헉헉……."

태수는 속도를 재보았다. km당 2분 50초다. 너무 빠르다. 마음이 급해서 자꾸만 속도가 빨라지고 있다.

그러나 이븐 페이스를 지키려면 조금 늦춰야 한다. 그는 시계를 보면서 km당 2분 55초로 속도를 늦추었다.

지금 태수가 믿을 수 있는 것은 오로지 이븐 페이스뿐이다. 그게 무너지면 이 경기에서 패한다. 아니, 무사시노에게 지고 말 것이다.

km당 2분 50초의 속도는 결코 느린 게 아니다. 그 속도로 풀코스를 달렸을 경우 1시간 59분대에 골인할 수 있을 만큼 빠른 속도다.

그러니까 지금으로썬 2분 50초의 속도는 태수에게 오버페이스라고 할 수 있다.

무사시노든 베켈레나 무타이든 줄곧 오버페이스를 하고 있기 때문에 언젠가는 반드시 지친다.

빠르면 30㎞, 늦어도 35㎞ 이전에 무너지기 시작할 것이다. 태수는 그걸 노리고 있다.

30㎞ 급수대에 심윤복 감독과 민영은 없었다. 대신 코치 윤석현이 기다리고 있다가 심윤복 감독의 말을 전했다.

"태수야! 선두 무사시노 420m, 2분 55초다!"

탁!

윤석현은 태수 양손에 차디찬 생수병과 음료수병을 재빨리 쥐어주었다.

"무사시노 아직 지치지 않았다!"

윤석현은 태수더러 뭘 어떻게 하라고 지시하지 않고 현 상황에 대해서만 알려주었다.

윤석현은 코치로서 태수에게 할 말이 있을 것이다. 그러나 아무 말도 하지 말라는 심윤복 감독의 엄명을 받았다.

지금 상황에서는 감독이나 코치로서 뾰족하게 지시할 작전이 없기 때문이다.

베를린마라톤대회에서부터 시카고, 이번 뉴욕마라톤대회까지 내리 뛰고 있는 태수의 컨디션을 잘 알고 있기 때문에 그저 태수에게 맡기는 수밖에는 방법이 없다.

"헉헉헉헉헉헉……."

태수의 숨이 조금씩 짧아지기 시작했다. 짧은 숨을 쉬면 체내에 산소가 부족해지고 그게 누적되면 몸이 말을 듣지 않게 된다.

"후우우… 하아아… 후우우… 하아아……."

이제부터는 숨을 길게 쉬기 시작했다. 원래는 왼발에 숨을 내쉬고 다음 왼발에 들이마셨는데 이제는 왼발 두 번에 내쉬고 다음 왼발 두 번에 들이마셨다.

긴 숨의 단점은 시나브로 주행회수가 줄어들어서 속도가 떨어진다는 사실이다.

그렇지만 지금은 그것보다는 가빠진 호흡을 회복시키는 것이 더 급하다.

그리고 주행회수가 줄어드는 것은 바짝 신경을 쓰고 있으면 된다.

긴 호흡을 하면서 정신이 느슨해지는 순간부터 어김없이 주행회수가 줄어든다.

마침내 태수 앞에 맨해튼 북쪽 끝을 흐르는 할렘리버와 그 위에 놓인 윌리스에비뉴브릿지가 나타났다.

다리를 건너면 브롱스다. 거기에서 좌회전하여 1.2km쯤 가다가 다시 좌회전하여 145th St브릿지를 건너 맨해튼으로 들어와 남쪽 센트럴파크로 직진한다.

터턱턱턱턱…….

"후우우… 하아아……."

태수는 약간 가파른 50m 길이의 언덕을 올라 월리스에비뉴브릿지에 들어섰다.

그때 그는 전방에 누군가 달려가고 있는 모습을 발견했다. 비쩍 마른 새카만 말라깽이 무타이다.

태수가 월리스에비뉴브릿지에 들어섰을 때 무타이는 다리를 거의 다 건너고 있는 중이다. 거리는 120m 정도다.

'무타이, 반갑다.'

잠시 동안 보지 못했을 뿐인데 다시 보게 된 무타이의 뒷모습이 이토록 반가울 수가 없다.

다리 끝에서 무타이가 뒤돌아보는 모습이 보였다. 그는 태수가 보이지 않을 때도 쉴 새 없이 뒤돌아봤을 것이다. 그런 건 안 봐도 알 수 있다. 태수를 다시 발견한 무타이가 반가워할지는 미지수다.

뒤에서 보고 있으면 무타이가 어느 정도 속도로 가는지 제대로 알 수가 없다.

또한 아프리카계 선수들은 지쳤어도 별로 티가 나지 않아서 가까이에서 봐도 잘 모른다.

다리를 건너 11시 방향으로 약간 좌회전하여 월리스에비뉴로 직진한다.

태수는 속도가 약간 빨라졌다는 사실을 깨닫고 다시 ㎞당

2분 55초의 속도로 늦추었다. 무타이를 발견하고는 자신도 모르게 속도가 빨라진 모양이다.

11시 방향으로 틀어서 윌리스에비뉴로 들어섰을 때 태수는 무타이하고의 거리가 90m로 좁혀졌다는 사실을 알았다.

무타이를 처음 발견하고 다리 하나 건너서 400m쯤 온 것뿐인데 30m를 좁혔다.

무타이는 몇 걸음에 한 번씩 끊임없이 뒤돌아보았다. 지금 그가 뒤돌아보는 것은 어느 때의 그것처럼 견제가 아니라 초조함이다.

도살장에 끌려가는 소가 자신의 죽음을 예상하고 눈물을 흘리는 것처럼, 무타이는 이번 대회에서도 태수에게 패한다는 사실 때문에 좌절의 늪에 한 발 빠져 있다.

타탁탁탁타타탁…….

태수는 한 걸음을 내디딜 때마다 무타이와의 거리가 좁혀지는 것이 느껴질 정도로 그의 속도가 느리다는 사실을 알아차렸다.

32㎞ 조금 못 미친 지점에서 태수는 무타이의 10m 뒤까지 따라붙었다.

무타이의 속도는 ㎞당 3분 2초 정도로 느려져 있었고 조금씩 더 느려지고 있는 상황이었다.

태수가 봤을 때 무타이는 마의 벽이 아니다. 오버페이스를 한 대가를 치르고 있다.

거기에다가 설상가상으로 마의 벽까지 찾아오면 무타이는 그 자리에 주저앉고 싶을 것이다.

타타탁탁탁탁… 착착착착착착…….

나란히 달릴 때 태수와 무타이의 발걸음 소리가 겹쳤다.

무타이가 태수를 쳐다보기에 태수도 예의상 그를 쳐다봐주었다.

무타이의 검은 얼굴만 봐서는 무슨 생각을 하는지 도무지 알 수가 없다.

그러나 그의 깊은 두 눈에는 후회가 가득 담겨 있었다. 그리고 그는 이제야 태수의 작전이 무엇인지 알 것 같다는 표정을 지었다.

태수는 무타이를 후회의 망망대해에 홀로 남겨두고 앞으로 달려 나갔다.

1.2㎞ 직선도로 윌리스에비뉴를 중간쯤에 위치한 야트막한 언덕을 넘었을 때 태수는 언덕 아래 전방에서 달려가고 있는 베켈레를 발견했다.

거리는 약 180m.

베켈레가 어느 정도 속도로 달리고 있는지는 모르겠지만

태수의 시야에 들어왔다는 것은 태수보다 느리게 뛰고 있다는 증거다.

태수는 베켈레 앞쪽을 봤지만 무사시노는 보이지 않았다.

베켈레 전방 150m쯤에 교차로가 있고 진행요원들이 왼쪽 길로 늘어서 있다.

그렇다면 선두 무사시노는 왼쪽 길로 갔기 때문에 여기에서는 보이지 않는다는 거다.

타타타타타타타—

태수는 내리막에서 순간적인 스퍼트를 하여 빠르게 달려 내려갔다.

2위 베겔레도 오버페이스의 대가를 치르고 있는 중이다.

태수는 베켈레가 달리는 모습을 가까이에서 제대로 보진 못했지만 차츰 거리가 좁혀지는 것만 봐도 베켈레의 현재 상태를 짐작할 수 있다.

도로 양쪽에는 수많은 시민이 나와서 열렬히 응원을 하고 있어서 귀가 먹먹할 지경이다.

현재 33.7㎞ 지점. 교차로까지 가면 34㎞다. 거기에서 좌회전하여 E 149th St로 들어선다.

베켈레는 무타이하고 닮은 점이 많다. 아니, 무타이가 베켈레하고 닮았다고 해야 할 것이다.

어쨌든 끊임없이 뒤를 견제하는 것과 다른 선수가 추월하는 것을 참지 못하는 것, 오버페이스 이후 기진맥진했을 때도 겉으로 드러내지 않는 것, 그리고 피니시라인을 지나기 전에는 경계를 풀지 못할 정도로 강적이라는 사실 등이 두 사람의 닮은꼴이다.

베켈레가 좌회전을 하기 직전에 거리가 150m 정도인데 태수는 베켈레가 좌회전하고 나서 갑자기 속도를 높일 것이라고 예상했다.

오버페이스로 체력 소모가 큰 상태지만 태수가 알고 있는 베켈레라면 그러고도 남는다.

그래봐야 또다시 오버페이스를 하는 것이다. 오버페이스의 대가를 치르고 있는 중에 또다시 오버페이스를 할 정도로 베켈레는 승부욕이 강한 사내다.

과연 태수가 좌회전하여 E 149th St로 들어섰을 때 베켈레는 죽을 둥 살 둥 기를 쓰고 스퍼트를 하고 있는 중이었으며 거리는 170m로 20m 멀어졌다.

태수가 좌회전을 하면서 슬쩍 옆을 보니까 무타이도 스퍼트하여 맹렬히 뒤쫓아 오고 있다.

무타이로서는 좌회전을 한 베켈레가 스퍼트하는 것을 보지 못했을 텐데도 두 사람이 닮은꼴이라는 사실을 증명이라도 하려는 듯 똑같은 행동을 하고 있다.

그러나 태수는 신경 쓰지 않았다. 베켈레와 무타이는 오버페이스를 했으며 그 대가를 치르고 있는 중이기 때문에 절대로 태수를 이길 수 없다.

베켈레는 정말 끈질겼다.

태수가 베켈레를 발견한 것은 브롱스였으며 최초의 거리가 180m였는데 145th St브릿지를 건너 다시 맨해튼으로 들어설 때까지도 150m 거리를 유지하고 있다.

'혹시?'

태수는 지금 베켈레가 러너스 하이에 빠졌을지도 모른다는 생각이 들었다.

그렇지 않다면 기진맥진한 상태인 그가 현재 km당 2분 53~54초의 속도로 달릴 리가 없다.

태수의 짐작이 맞는다면 베켈레는 러너스 하이가 끝나자마자 마의 벽에 빠질 가능성이 크다.

러너스 하이는 대체로 5분 2km를 넘기지 못할 테고 뒤이어서 마의 벽에 빠지면 제아무리 베켈레라고 해도 km당 3분 이하의 속도로 뚝 떨어질 것이다.

태수는 35km 조금 못 미친 곳에서 시계를 봤는데 1시간 43분 49초다.

km당 평균 2분 58초의 속도로 달렸다는 뜻이다.

10시 방향으로 살짝 좌회전하여 직선도로에 들어섰을 때 태수는 베켈레 앞쪽에 무사시노가 달리고 있는 모습을 오랜만에 발견했다.

속도가 느려지기 시작한 베켈레는 145m 거리로 좁혀졌으며, 무사시노가 그 앞 250m쯤에서 선도차와 여러 대의 중계방송차량, 그리고 모터바이크의 엄호 속에 달리고 있는 뒷모습이 보였다.

태수하고는 약 400m의 먼 거리라서 무사시노의 모습이 가물가물하지만 중계방송차들이 무리를 지어 달리는 광경으로 무사시노를 확인할 수가 있다.

탁탁탁탁탁탁탁……

"후우웃! 하아앗! 후우웃! 하아앗!"

태수는 ㎞당 2분 57초의 속도로 달리고 있다가 조금 더 속도를 높여서 2분 55초로 달렸다.

다리가 좀 더 무거워졌으며 허벅지 뒤쪽이 제법 뻐근하게 쥐어짜이는 것 같으면서 허리까지 아팠다. 그러나 최악의 상황이 되려면 아직 멀었다.

'이븐 페이스!'

태수는 속으로 외치면서 속도를 다시 ㎞당 2분 57초로 내렸다.

2분 55초하고는 겨우 2초 차이지만 막판에 그것이 치명적인 위기를 부를 수도 있다고 본능적으로 예감했다.

"태수야—!"

그때 왼쪽에서 심윤복 감독의 고함 소리가 들려서 태수는 급히 그쪽을 쳐다보았다.

그러나 맨해튼 사람들이 다 몰려나와서 응원을 하고 있는지 도로 양쪽은 인의 장벽으로 겹겹이 막혀 있을 뿐 심윤복 감독의 모습은 보이지 않았다.

"무사시노 3분이다—!"

그런데 응원하는 뉴욕 시민들 뒤쪽에서 심윤복 감독의 고함 소리가 또 들렸다.

200m만 더 가면 35km 급수대인데 심윤복 감독이 이 지점에서 소리를 지르고 있다는 것은 그가 아직 급수대에 도착하지 못했다는 뜻이다.

심윤복 감독의 외침이 태수 뒤쪽에서 한 번 더 들렸는데 무슨 말인지 알아듣지 못했다.

심윤복 감독은 중요한 정보를 알려주었다. 무사시노의 속도가 km당 3분이라면 태수가 예상했던 것보다 빠르다.

태수의 사냥몰이에 그토록 호되게 휘둘렸는데도 35km까지 와서도 끄떡없이 km당 3분의 속도를 유지하다니 생각하면 할수록 굉장한 놈이다.

스타트부터 피니시까지 km당 3분을 줄곧 유지하면서 달린다면 2시간 6분대에 골인할 수 있으니까 결코 느린 속도라고 할 수 없다.

선두인 무사시노가 지금 속도로 남은 약 7㎞를 간다면 2시간 3분 중반에서 4분 초반에 골인할 수 있을 것이다.

하지만 태수는 무사시노가 현재 악으로 버티고 있기 때문에 갈수록 속도가 조금씩 더 느려질 것이고, 게다가 마의 벽까지 닥치면 최대 2분까지 시간을 까먹을 수도 있을 것이라고 예상했다.

어쨌든 현재 무사시노가 ㎞당 3분이고 태수는 2분 57초로 3초 빠르다.

2분 57초의 초속은 5.66m/s이므로 ×3=16.98m. 태수는 1㎞에 16.98m 무사시노보다 빠르다.

현재 35㎞ 지점에 시간이 1시간 43분이면, 앞으로 약 7㎞가 남았으므로 16.98×7=118.86.

이 속도로 달린다면 약 119m밖에 무사시노와의 거리를 단축하지 못한다는 계산이다.

그래서는 절대로 무사시노를 이기지 못한다. 현재 추세라면 무사시노가 압승하고 말 것이다. 심윤복 감독이 헐레벌떡 뛰어와서 태수에게 무사시노의 ㎞당 속도를 알려준 것은 이유가 있을 것이다.

오버페이스를 한 무사시노가 점점 속도가 느려질 것이라든가, 아니면 마의 벽에 부닥쳐서 헐떡거릴 거라는 것은 어디까지나 가능성일 뿐이다.

타탁탁타타탁탁탁…….

"허억… 헉헉… 후웃… 헉헉헉……."

태수는 달리면서 복잡한 계산을 하느라 호흡이 흐트러졌지만 상관하지 않았다.

무사시노에게 무슨 일이 벌어지기를 막연하게 기다리고 있는 것은 하책 중에서도 하책이다.

무사시노에게 무슨 일이 벌어진다면 태수 자신에게도 그런 일이 닥칠 수 있는 것이다.

그러니까 두 사람에게 아무 일도 일어나지 않을 것이라는 전제하에서 계산을 해야만 한다.

'무사시노를 잡으려면 2분 50초로 가야 한다……!'

머리 뚜껑이 열릴 정도로 복잡한 계산을 해본 태수는 마침내 결정을 내렸다.

㎞당 2분 50초의 초속은 5.87m/s다. 무사시노의 3분보다 10초 빠르니까 5.87×10=58.7m. 거기에 앞으로 7㎞가 남았으니까 58.7×7=410.9다.

앞으로 7㎞ 동안 약 411m를 갈 수 있으니까 현재 무사시노하고의 거리 400m보다 11m를 앞설 수 있다.

'나도 무사시노도 35㎞를 달려온 것은 똑같다. 그러니까 변

수는 생각하지 말자.'

35km를 달려온 것은 똑같지만 어떻게 달렸느냐가 중요하다. 하지만 태수는 그걸 무시했다.

그런데 그때 태수는 급수대를 지나쳤다는 사실을 뒤늦게 깨닫고 아차 했다.

35km쯤 달리고 나면 온몸의 수분이 다 빠져서 달리는 매 걸음마다 갈증을 느낀다.

아니, 갈증보다는 몸이 물을 원하기 때문에 제때 물을 공급해 주지 않으면 위험해질 수도 있다.

그렇지만 복잡한 계산을 하다가 이미 지나쳐 버린 급수대에 다시 돌아갈 수는 없는 노릇이니 어쩔 수가 없다.

'2분 50초다! 50초!'

태수는 스스로에게 계속해서 주문을 외웠다. 그래야지만 혹시 마의 벽에 빠지더라도 무의식 상태에서도 플랫주법이 속도를 거기에 맞출 것이라고 생각했다.

애당초 베켈레와 무타이는 신경도 쓰지 않았다. 현재 무타이는 뒤처져 있지만 그가 추월할 거라고는 생각도 하지 않고 있으며, 베켈레를 따라잡는 건 시간문제라고 판단했다.

36km에서 태수는 마의 벽에 빠졌다. 러너스 하이를 겪지 않고 곧장 마의 벽에 빠져 버렸다.

몸이고 정신이고 만신창이가 돼버린 듯한 태수는 현재 자신이 어느 정도 속도인지도 추측하지 못했다.

그래도 다행한 것은 베켈레하고의 거리가 50m, 무사시노하고는 350m 정도로 좁혀졌다는 사실이다.

마라톤을 하면서 태수는 속도와 거리 측정만큼은 타의 추종을 불허할 정도로 정확하게 재는 능력이 생겼다.

또 한 가지 태수는 자신의 달리기가 무너지지 않았다는 사실을 알았다.

탁탁탁탁탁탁탁……

정확한 속도까지는 알 수 없지만 달리고 있는 발걸음 소리가 흐트러짐 없이 규칙적으로 일정하기 때문이다.

지금 상황에서는 정신력으로 버텨야만 한다. 정신줄까지 놔버리면 만사 끝장이다.

태수는 베켈레를 쳐다보았다. 달리는 폼이 변함없이 견고하다. 그러나 자세히 보니까 어딘가 조금 불안한 모습이다. 어깨가 많이 흔들리면서 평소 엉덩이를 찰 것처럼 많이 올라가던 다리가 조금 덜 꺾이고 있다.

'베켈레도 마의 벽이다.'

태수처럼 베켈레도 마의 벽에 빠졌으면서 오랜 경험으로 평정을 유지하려고 애쓰고 있는 게 분명하다.

베켈레 앞쪽 무사시노의 상태를 보려고 애썼으나 거리가

너무 멀어서 어려웠다.

이제는 진짜 정신력의 싸움이다. 마의 벽이 끝난다고 해도 체력이 갑자기 확 살아나는 것이 아니다. 심한 병에 걸렸던 사람이 병이 낫다고 해서 펄펄 뛰어다니지 못하고 후유증에 시달려야 하는 것과 같은 이치다. 그러므로 마의 벽이 끝나도 제2의 마의 벽이 남아 있는 것이다.

이제 불과 6km가 남아 있을 뿐이다. 피니시 이후에 제아무리 발악을 해도 소용이 없다.

지금 이 순간 6km 남아 있는 상황에서 고통을 극복하는 사람만이 진정한 승자가 된다.

태수는 km당 2분 50초로 달리려고 했는데 마의 벽에 빠져 버렸기 때문에 속도가 얼만지 짐작조차 할 수가 없다. 그러나 느려진 것만은 분명하다.

'방법은 주행회수뿐이다.'

마의 벽 상황에 스트라이드를 크게 하는 것은 어림 반 푼어치도 없는 과욕이다.

이럴 때는 그저 피치를 빠르게 해서 한 걸음이라도 더 빨리 그리고 많이 가는 게 상책이다.

그래서 큰 스트라이드로 달리는 아프리카계 선수들은 이런 상황에서 오히려 불리하다. 피치를 빠르게 하는 종종걸음을 하지 못하기 때문이다.

'조금만 더 빨리……'

태수는 지금 자신의 주행회수가 분당 얼만지 모르지만 그 것보다 더 빠르게 달리기 위해서 주문을 외듯 자꾸만 속으로 중얼거렸다.

탓탓탓탓탓탓탓탓…….

빨라졌는지 어떤지는 알 수가 없다. 축지법을 쓰지 않는 이 상 베켈레하고의 거리가 갑자기 확확 좁혀지지는 않는다.

달리면서 슬쩍 뒤돌아보았다. 무타이는 100m 이상 뒤처진 상태에서 뛰고 있다. 그렇다면 일단 무타이는 안심이다.

태수는 여전히 자신의 속도를 알 수는 없지만 피치가 빨라 졌다는 사실을 느낄 수는 있다.

드디어 베켈레 뒤꼭지 10m까지 따라붙은 것이다.

팍팍팍팍팍팍팍…….

"핫! 핫! 핫! 핫! 핫!"

작은 발로 미드풋 착지를 하는 베켈레의 특이한 발걸음 소 리와 짧은 숨소리가 태수에게도 똑똑하게 들렸다.

베켈레가 태수를 뒤돌아보는데 얼굴에는 안타까운 표정이 역력히 떠올라 있다.

태수는 소금 알갱이가 범벅된 베켈레의 얼굴을 보고 일말 의 동정심을 느꼈으나 곧 사라졌다.

탁탁탁탁탁탁탁······.

"후웃! 하아앗! 후웃! 하아앗!"

뒤를 따르던 태수는 추월하기 위해서 베켈레의 왼쪽으로 비스듬히 나아갔다.

태수가 10m 거리를 좁혀서 추월하는 동안 베켈레는 5번이나 돌아보면서 안간힘을 썼으나 결국 잠시 후에는 태수의 뒷모습을 쳐다보며 절망적인 표정을 지어야만 했다.

태수는 한 번 추월한 이상 베켈레에 대해서는 신경을 껐다.

이제 목표는 무사시노다.

아까 태수하고 베켈레의 거리가 50m였을 때 무사시노하고의 거리는 350m였는데 지금은 330m 정도다.

태수가 50m 거리의 베켈레를 추월했는데도 무사시노하고의 거리는 20m밖에 좁히지 못했다. 그건 무사시노가 베켈레보다 더 빠르다는 얘기다.

마의 벽에 빠진 상황에서도 최대한의 플랫주법으로 전력을 다하고 있는 태수로서는 이제는 더 이상 어떻게 해볼 방법이 없다.

'저 자식은 마의 벽에 빠지지도 않나? 우라질!'

나오는 게 욕밖에 없다.

뚜껑을 여니까 무사시노는 베켈레와 무타이보다 강했다. 태수에게서 330m 거리는 영원처럼 멀게만 느껴져서 끝까지 좁혀지지 않을 것 같았다.

'사냥감 주제에……'

태수는 여전히 자기가 사냥꾼이고 무사시노는 사냥감이란 생각에 변함이 없다.

그래서 한낱 사냥감인 무사시노가 태수 자신보다 우월할 수 없다고 생각했다.

거리 양쪽에는 수많은 뉴욕 시민이 열렬한 응원을 하고 있으며, 그중에서도 유난히 일본인이 많았다.

일본인이라는 것을 어떻게 알아보냐면 일장기를 흔들면서 입에 거품을 물고 '강바레!'라고 외치는 동양인은 죄다 일본인이다.

39㎞ 지점. 1시간 54분 53초.

이제 3㎞하고 195m가 남아 있을 뿐이다.

태수는 무사시노하고의 거리를 40m나 좁혔다. 대단한 거리지만 330m 중에서 40m는 별것 아니다.

2.5㎞를 오는 동안 40m를 줄였다면 앞으로 남은 3.195㎞를 가는 동안 기껏해야 50m를 좁힐 수 있을 거라는 얘기니까 미치고 환장할 노릇이다.

최후의 스퍼트를 할 힘 따위는 애당초 남아 있지 않았다. 베를린마라톤대회부터 시카고, 뉴욕마라톤대회까지 3개 대회를 내리 줄기차게 달리고 있는 태수에게 그런 힘이 남아 있을 리가 없다.

문득 태수는 자신의 양쪽에서 중계하고 있는 모터바이크의 수가 5대로 불어난 것을 보았다.

2대는 대한민국 KBS하고 MBC인데 다른 모터바이크는 꼬랑지에는 일장기가 펄럭이고 NHK니 Asahi 같은 표시가 붙어 있다. 일본 방송사들이다.

'저 자식들이 어디서……'

일본 방송사들이 왜 자길 촬영하고 있는지에 대해서 생각하니까 태수는 꼭지가 홱 돌아버렸다.

일본 방송사들은 선두 무사시노가 1위로 골인할 거라고 철석같이 믿고 있다.

그래서 현재 세계기록 보유자이며, 세상 끝나는 날까지 라이벌 관계인 한국의 태수가 어떤 상황에 처해 있는지 생생하게 촬영을 하여 일본에 생중계를 하고 있는 것이다.

이 방송을 보면서 일본열도 전체가 축제 분위기일 거다. 정말 속이 뒤집힐 일이다.

아사히 모터바이크 뒤에 탄 취재원이 태수를 촬영하면서 일본어로 뭐라고 크게 지껄여 대는 모습이 태수의 속을 박박 긁었다.

'저 씨발놈!'

속이 부글부글 끓었지만 아사히 취재원에게 달려들어 폭행을 할 수도 없는 노릇이다.

온몸 아프지 않은 곳이 한 군데도 없어서 도대체 마의 벽이 끝났는지 아직도 진행 중인지 알 수가 없다.

바로 그때 태수는 움찔 놀랐다.

'엇?'

착착착착착착착—

"후훗! 하핫! 후훗! 하핫!"

오른쪽에서 누가 치고 나온다.

태수가 쳐다보니까 베켈레다. 태수를 쳐다보면서 흐릿하게 웃고 있는 소금 알갱이투성이 베켈레의 얼굴에 '우승은 못 하더라도 한태수 넌 이기고 말겠어'라는 표정이 떠올랐다.

순간 태수는 눈에 쌍심지를 켰다. '너한테는 지지 않겠어'라고 표정으로 대답하면서 불끈 힘을 주었다.

타탁탁탁탁탁탁탁—

이 순간 태수의 행동은 그저 베켈레에게 지지 않겠다는 단순한 항심(抗心) 같은 것이다.

'너한테 지면 다시는 마라톤 안 뛴다… 니미럴!'

오기가 생긴 태수는 속도를 높였다. 방금 전까지 고꾸라질 것처럼 지쳤었는데 지금은 그런 생각은 하나도 들지 않고 오로지 베켈레에게 질 수 없다는 생각뿐이다.

그런데 그때 태수 왼쪽에서 발소리가 나기에 돌아보니까 어느새 무타이가 쫓아와서 추월하려고 발악을 하고 있다.

이것들이 아주 쌍으로……

태수는 콧김을 홍! 뿜으면서 성난 황소처럼 달려 나갔다.

갑자기 촬영하는 일본 취재진이 시끄러워졌다. 목이 쉴 정도로 악을 쓰면서 '무사시노', '한태수', '아부나이', '다이행' 어쩌고저쩌고 쉴 새 없이 떠들었다.

그것도 그럴 것이 태수가 무사시노 50m 뒤까지 바짝 추격하고 있는 중이기 때문이다.

태수는 40㎞ 급수대에서도 물을 마시지 않았다. 무사시노도 마시지 않는데 그럴 경황이 없었다.

베켈레와 무타이는 태수의 20m 뒤에서 둘이 치열한 각축을 벌이고 있다.

현재 41㎞가 200m쯤 남은 상황이다. 그런데 무사시노하고의 50m가 좀처럼 좁혀지지 않고 있다.

베켈레와 무타이가 태수를 추월하려고 해서 미친 듯이 달렸고, 그 덕분에 거리를 50m까지 줄일 수 있었다.

이제 남은 거리는 1.3㎞쯤이다. 무사시노와 태수 양쪽에는 대한민국과 일본의 취재차량들이 북새통을 이루고, 한국어와 일본어가 뒤섞여서 악을 써대고 있다.

탁탁탁탁탁탁탁탁……

"학학학학학학학……."

제 몸이 제 몸 같지 않은 상태인 태수는 그래도 포기하지 않고 만신창이 몸뚱이에게 주문을 걸고 있다.

'제발… 힘을 내라 힘을!'

두 다리는 어떻게든 움직이는 것 같은데 호흡이 문제다. 숨이 가쁘다 못해서 질식할 것만 같은 상태다.

폐와 심장, 몸뚱이에 산소를 풍부하게 공급해 주지 못하는 상태라서 마비가 오는 것 같다. 그러니까 뛰는 것인들 제대로 일 리가 없다.

연도의 일본인들이 '강바레!', '강바레!' 귀 따갑게 악을 써대고 있다.

너무 숨이 막혀서 태수는 당장에라도 주저앉고만 싶었다.

그런데 그때 문득 태수는 티루네시 디바바의 독특한 호흡법이 생각났다.

티루네시의 호흡은 후우우… 하다가 끝에 훅훅! 짧게 내쉬고 나서 하아아… 들이마시다가 학학! 끄트머리에 또 두 번 짧게 더 들이마신다.

이것저것 가릴 것 없는 태수는 지푸라기라도 잡는 심정으로 티루네시의 호흡법을 해보았다.

"후-우-우… 훅훅! 하아아… 학학!"

그런데 그렇게 서너 번 하고 나니까 갑자기 머리 꼭대기 정수리가 뻥! 하고 뚫리는 것처럼 상쾌한 느낌이 들었다.

'이, 이거…….'

태수는 어안이 벙벙했으나 멈추지 않고 계속 그 호흡, 즉 '티루네시 호흡법'을 실시했다.

그랬더니 정신이 점점 맑아지면서 팔다리 몸뚱이도 원활하게 움직여주기 시작했다.

티루네시 호흡법은 복식호흡이라서 차츰 태수의 온몸에 산소를 제대로 공급해 주었다.

'고마워, 티루네시.'

태수는 힘차게 아스팔트를 박찼다.

사실 태수나 무사시노는 지금 똑같이 ㎞당 3분 3초의 속도로 달리는 중이었다.

1.3㎞ 남겨놓은 상황에서는 그것도 빠른 속도다.

일본인들이 더 시끄럽게 떠들어댔다. 지금 안 사실이지만 일본어는 정말 귀가 따갑고 바람에 나뒹구는 가랑잎처럼 가볍게 팔랑거린다.

"아앗! 한태수 센슈! 이요이요스따또시딴데스!"

가깝게 촬영하고 있는 아사히 방송의 취재기자가 숨넘어갈 것처럼 비명을 지르는 게 태수 귀에도 똑똑히 들렸다.

그런데 그때 도로 양쪽에서 무슨 노랫소리가 흘러나왔다.

태수는 고개를 들고 좌우를 둘러보았다.

한국 교포들이 태극기를 미친 듯이 흔들면서 아프로디테, 아니, 민영의 대히트곡 '윈드 마스터'를 합창하고 있다.

바람의 아들 윈드 마스터~

널 사랑하는 거 아니~

달려~ 달려~ 달려~

바람의 지배자 윈드 마스터~

내 사랑이 보이니~

가자~ 가자~ 가자~

오오오~ 후우우~ 윈드~ 윈드~ 윈드 마스터~

달려~ 달려~ 달려~ 윈드~ 윈드~ 윈드 마스터~

가자~ 가자~ 가자~ 윈드~ 윈드~ 윈드 마스터~

갑자기 들려온 교포들의 합창 소리는 태수의 양어깨에 날개를 달아주었다.

태수는 어디에서 그런 힘이 났는지 아스팔트에 구멍이 푹푹 생길 정도로 힘차게 달렸다.

탁탁탁탁탁탁탁—

"후우우… 훅훅! 하아아… 학학! 후우우… 훅훅! 하아아… 학학!"

그때 이상한 일이 일어났다. 갑자기 무사시노가 뒷걸음질을 쳐서 거꾸로 달려오기 시작했다.

그런데 그게 아니라 태수가 너무 빠른 속도로 달리는 바람에 거리가 확확 좁혀지니까 무사시노가 뒤로 달리는 것 같은 착각이 든 것이다.

일본 취재진들의 비명 소리와 연도에 늘어선 일본인들의 단말마적인 외침이 태수에겐 천상의 노랫가락으로 들렸다.

무사시노는 뒤돌아보지 않는 성격인 듯했지만 꼬랑지에 불이 붙으면 별수 없다.

무사시노는 태수가 30m에서 20m로 좁혀 오는 동안 대여섯 번은 뒤돌아보는 것 같았다.

앞으로 피니시까지 남은 거리는 딱 500m다.

태수는 자기가 언제 센트럴파크로 들어왔는지도 모르고 있는 상태다.

무사시노는 미드풋 착지에 발뒤꿈치로 거의 엉덩이를 찰 정도로 큰 스트라이드로 성큼성큼 달리고 있다.

하체가 짧은 동양인에게는 적합하지 않은 주법인데도 무사시노는 잘 달리고 있다.

그러면 뭐하겠는가. 꿩 잡는 게 매. 대한민국의 태수에게 막 추월을 당하면서 얼굴이 사색으로 변하고 있다.

태수는 무사시노를 5m쯤 앞질렀을 때 의문 하나가 생겼다.

'어째서 일본인을 이기면 기분이 더 좋은 거지?'

태수는 한 번 무사시노를 뒤돌아보고 싶어졌다.

무사시노는 독을 잔뜩 품은 독사의 얼굴과 부릅뜬 눈을 하고 필사적으로 달리고 있는데 조금 전에는 5m였으나 지금은 10m로 벌어졌다.

태수는 그러려고 한 게 아닌데 무사시노를 한 번 더 돌아보면서 싱긋 미소를 지었다.

바로 그것이 훗날 인구에 회자되었다나 뭐래나 하는 이른바 '바람의 미소'였다.

그런데 두 번째 뒤돌아보던 태수는 무사시노 뒤꽁무니에 베켈레와 무타이가 각축을 벌이면서 바짝 뒤쫓아 오는 모습을 발견했다.

태수의 전방 100m에 피니시라인 아치가 나타났다.

양쪽 연도에 늘어선 인파는 열광적으로 함성을 지르며 응원을 하고 있다.

그렇지만 태수의 귀에는 함성보다 훨씬 작은 노랫소리 '윈드 마스터'가 생생하게 들렸다.

오오오~ 후우우~ 윈드~ 윈드~ 윈드 마스터~

달려~ 달려~ 달려~ 윈드~ 윈드~ 윈드 마스터~

가자~ 가자~ 가자~ 윈드~ 윈드~ 윈드 마스터~

'윈드 마스터'의 후렴이다.

태수의 속도가 점점 더 빨라지고 있다. 아마도 km당 2분 45초는 되는 것 같다. 이런 걸 보면 힘은 몸뚱이에서만 나오는 게 아닌 모양이다.

태수는 골인 테이프를 10m 앞두고 문득 어떤 말이 생각났다.

'왔노라! 뛰었노라! 이겼노라!'

파아아—

태수가 테이프를 끊을 때 아치 위의 시간은 2시간 4분 17초를 가리키고 있었다.

달려가는 태수 앞에 민영이 펑펑 울면서 두 팔을 벌리고 서 있었다.

"오빠가 이길 줄 알았어……!"

그래서 민영은 급수대가 아닌 골인 지점으로 곧장 달려와서 기다리고 있었다.

태수는 속도를 줄이면서 쓰러지듯이 민영의 품에 안겼다.

"민영아… 나 이겼다……."

민영은 태수의 등을 쓰다듬었다.

"당연하지. 누구 오빤데……."

태수가 민영의 품에 안겨서 헐떡거리며 뒤돌아보자 피니시라인으로 베켈레와 무타이가 두 걸음 차이로 골인하고 있는 게 보였다.

그리고 그 뒤 20m쯤에서 만신창이가 된 무사시노가 4위로 달려 들어오고 있었다.

제31장
철인(鐵人)의 길

태수는 골인한 이후에도 주저앉거나 쓰러지지 않고 어깨에 뉴욕마라톤에서 준비한 대형 타월을 걸친 모습으로 민영과 함께 서 있었다.

2위 베켈레와 3위 무타이도 타월로 얼굴을 닦고 물을 마시면서 골인선 안쪽에서 거닐고 있었다.

4위로 들어온 무사시노는 들어오자마자 그대로 털썩 엎어졌다가 하늘을 향해 벌러덩 누워서 헐떡거렸으며 진행요원들이 그에게 물을 주고 타월을 덮어주었다. 그리고 일본 코치들이 그에게 달려갔다.

태수가 베켈레와 무타이에게 다가가자 두 사람은 웃으면서 태수와 포옹을 했다.

그러고는 베켈레와 무타이가 태수의 양쪽 팔을 들어 올리면서 '챔피언!'이라고 말하며 축하해 주었다.

태수는 누워서 헐떡거리고 있는 무사시노에게 다가가서 손을 내밀어 일으켜 주겠다는 제스처를 해 보였으나 무사시노는 차갑게 외면하고는 코치진의 부축을 받고 일어섰다.

태수는 빙그레 미소를 지으며 다시 베켈레와 무타이에게 다가가서 대화를 나누었다.

그러나 코치들이 무사시노에게 뭐라고 충고를 하니까 무사시노는 달갑지 않은 얼굴로 태수에게 다가오더니 마지못해서 손을 내밀었다.

"컨그레츄레이션, 태수 상."

"유 투. 미스터 기무라."

무사시노는 지금 상황이 전 세계에 생방송으로 송출되고 있다는 사실을 코치진에게 듣고 뒤늦게 태수에게 축하 제스처를 취했지만 그가 조금 전에 태수의 손을 거절한 모습이 이미 전 세계로 퍼져 나갔다.

승자의 아량을 거절하는 패자의 옹졸한 모습이다.

후일담이지만 그 장면으로 인해서 일본 국민들까지도 무사시노의 옹졸함을 크게 못마땅하게 여겼다고 한다.

또한 39km까지 줄곧 선두를 지키다가 막판에 태수에게 역전을 당하고, 그거로도 모자라서 베켈레와 무타이에게 연이어 역전을 당해서 4위를 한 무사시노에게 일본 전체 여론이 가차 없이 뭇매를 가했다는 얘기가 전해졌다.

와아아아―

갑자기 피니시라인 바깥에서 굉장한 함성이 터졌다.

태수와 민영이 쳐다보니까 피니시라인 바깥 직선도로에 여자 선수 2명이 나타났다.

자세히 보니 1위는 티루네시 디바바이고 5m 뒤에서 바짝 추격하고 있는 2위는 릴리아 쇼부코바다.

피니시라인을 200m쯤 남겨둔 거리에서 세계 최정상급 여자 선수 2명이 치열한 각축을 벌이고 있다.

전력으로 달리고 있는 티루네시 5m 뒤에서 쇼부코바가 추월하기 위해서 역주를 하고 있다.

티루네시와 쇼부코바 둘 다 태수가 태회 초반 페메 역할을 해준 덕분인지 현재 시간은 2시간 19분 31초다.

이곳이 난코스로 유명한 뉴욕마라톤대회라는 점을 감안하면 매우 빠른 기록이다.

뉴욕마라톤대회 여자 부문 신기록은 2시간 22분대이므로 이대로 골인만 하면 대회 신기록을 세우게 될 것이다.

태수가 봤을 때 티루네시는 예의 미끄러지는 듯한 주법으로 힘차게 달리고 있다.

그렇지만 그녀의 단점인 한 걸음 바닥을 디딜 때마다 몸이 주춤거리는 동작은 변함이 없다.

쇼부코바의 얼굴에는 지친 기색이 역력했지만 달리는 동작만큼은 지금 막 스타트한 것처럼 스피드가 넘쳤다.

두 여자는 ㎞당 2분 40초의 속도로 막판 스퍼트를 하고 있는데 42㎞를 달려왔다고는 믿어지지 않는 놀라운 스피드를 보이고 있다.

탓탓탓탓탓탓—

"하아앗! 후우웃! 하아앗! 후우웃!"

피니시까지 100m가 남았을 때 두 여자는 똑같이 피니시라인 안쪽에 서 있는 태수를 발견했다.

태수는 민영과 나란히 서서 두 여자를 주시하고 있었다.

그때 갑자기 쇼부코바가 퉁기듯이 속도를 내서 티루네시 오른쪽에서 나란히 달리기 시작했다.

팍팍팍팍팍팍팍—

"훗핫훗핫……"

티루네시는 쇼부코바를 힐끗 쳐다보는데 지지 않으려는 표정이 역력했다.

그녀는 추월당하지 않으려고 안간힘을 쓰지만 쇼부코바를

떼어내지 못하고 나란히 달렸다.

태수로서는 두 여자 중에 누가 우승을 하면 좋을지 생각을 해본 적이 없다. 티루네시나 쇼부코바 둘 다 태수에겐 비슷한 느낌의 여자들이다.

저 선두 다툼에 신나라가 끼어 있다면 당연히 그녀가 우승하기를 원하겠지만, 티루네시와 쇼부코바 중에서는 누가 우승을 해도 상관이 없다는 게 태수의 솔직한 입장이다.

그런데 태수의 눈에 티루네시의 단점이 눈에 확 띄었다. 대회 전날 허드슨 강변을 같이 달릴 때 발견했었던 바로 그 단점이다.

그건 티루네시가 한 걸음을 내디딜 때마다 주춤거리는 쓸데없는 동작이다.

그리고 어째서 그런 현상이 벌어지는 것인지 그 순간 태수의 눈에 선명하게 보였다. 멀리에서 보니까 티루네시가 주춤거리는 것이 더 잘 눈에 들어왔다.

그녀는 발뒤꿈치로 엉덩이를 찰 것처럼 무릎을 너무 굽히니까 스트라이드는 커지는 대신 피치가 느려지는 것이다. 이치는 단순하다. 무릎을 많이 굽히니까 펴지는 데 시간이 오래 걸리는 것이다.

티루네시는 다른 여자 선수들에 비해서 피치가 비슷한 수준이며 넓은 스트라이드 덕분에 그동안 수많은 대회에서 파

죽지세로 우승을 해왔었던 것 같다.

그렇지만 지금보다 좀 더 빠른 피치를 구사한다면 속도가 많이 향상될 거라는 생각이 들었다.

예를 들어 티루네시는 스퍼트를 했을 경우 스트라이드가 200㎝이며, 10초 동안 32회의 주행회수를 보이고 있으므로 약 64m를 간다.

그러나 무릎을 조금만 덜 굽혀서 한 걸음당 195㎝의 스트라이드로 조금 좁혀서 뛰고, 그 대신 피치를 빠르게 하여 10초에 34회의 주행회수만 해도 66.3m로 평소보다 10초에 2.3m를 더 갈 수 있다.

만약 거기에서 주행회수를 한 번만 더 높이면 68.25m이고, 두 번 더 높여서 10초당 36회만 해도 70.2m를 갈 수가 있다. 그건 평소 스피드보다 10초당 6.2m를 더 가는 것이다.

태수는 갑자기 티루네시에게 옆모습을 보이면서 제자리에서 뛰는 동작을 해 보였다.

왜 갑자기 그런 행동을 하는지 모르지만 티루네시의 그런 모습이 답답했다.

태수는 처음 3번은 티루네시가 하는 것처럼 발뒤꿈치로 엉덩이를 찰 듯이 달렸고, 다음 3번은 발뒤꿈치가 엉덩이에서 한 뼘쯤 떨어지도록, 그래서 처음 3번보다 더 빠른 피치의 동작을 해 보였다. 그런 동작을 한 차례 더 보여주고 그만두었다.

민영과 베켈레, 무타이, 그리고 무사시노까지 태수가 티루네시와 쇼부코바에게 뭔가 암시를 하고 있다는 사실을 감지하고 두 여자를 뚫어지게 주시했다.

티루네시와 쇼부코바 둘 다 태수를 주시하면서 달리고 있었으므로 그녀들은 태수가 지금 해 보이는 동작이 자신들에게 전하는 메시지라고 생각했다.

그렇지만 티루네시는 태수의 동작을 보는 순간 그게 무슨 뜻인지 즉시 알아차린 반면에 쇼부코바는 무슨 뜻인지 알지 못했다.

태수의 동작이 티루네시의 단점을 보완하는 것이기 때문에 쇼부코바가 이해하지 못하는 것은 당연하다.

앞으로 남은 거리 50m. 티루네시는 태수가 보여준 동작처럼 발바닥이 아스팔트를 딛고 뒤로 이동하는 순간 무릎을 아주 조금 덜 굽혀서 발뒤꿈치가 엉덩이에서 한 뼘 이상 떨어지게 만들면서 재빨리 발을 전방으로 밀어냈다.

처음에는 잘되지 않았지만 다섯 걸음쯤 하고 나니까 완벽하지는 않아도 어느 정도 비슷해졌다.

탓탓탓탓탓탓탓—

"후우우… 훗훗! 하아아… 핫핫!"

그 순간 쇼부코바하고 나란히 달리던 티루네시가 조금씩

앞으로 나아가기 시작했다.

태수가 보기에 티루네시는 그가 행동으로 보여준 어드바이스를 정확하게 받아들였다.

티루네시는 스트라이드가 조금 좁혀진 대신 피치가 10초당 32회에서 35회로 빨라져서 조금 전보다 속도가 확 올랐다.

탓탓탓탓탓탓—

결국 티루네시가 2시간 20분 02초의 기록으로 피니시라인 테이프를 끊었다.

티루네시는 마지막 50m 남겨둔 상황에 도저히 쇼부코바를 이길 자신이 없었다.

만약 태수의 결정적인 코치가 아니었더라면 그녀는 쇼부코바에 이어서 2위로 골인했을 거라는 사실을 너무도 잘 알고 있었다.

티루네시는 테이프를 끊자마자 곧장 태수에게 달려와 그에게 와락 안기며 뺨에 입을 맞추었다.

"태수! I love you!"

파파파파팟팟팟—

취재진들의 카메라플래시가 일제히 터졌다.

티루네시가 사촌 마레와 함께 갑자기 대한민국으로 향했으며, 이후 줄곧 태수와 행동을 함께하면서 뉴욕마라톤대회까지 참가했다는 사실을 전 세계가 다 알고 있는 상황이라서 그녀의 지금 행동은 충분히 특종감이다.

"Thank you, 태수!"

태수는 빙그레 미소 지으며 티루네시를 마주 안았다.

베켈레가 박수를 치면서 다가왔고, 무타이는 제자리에서 웃으며 박수를 치며 축하해 주었다.

그러나 한쪽에 주저앉아 있는 무사시노는 태수와 중장거리의 전설 티루네시 디바바가 포옹하고 있는 광경을 세모꼴 눈으로 쏘아보았다.

티루네시보다 2초 늦은 2시간 20분 04초 2위로 골인한 쇼부코바도 숨을 할딱거리면서 태수에게 달려왔다.

"태수! I'm sorry."

쇼부코바는 태수가 코치를 해주었는데도 자신이 잘 받아들이지 못한 것을 사과했다.

"쇼부코바."

태수가 티루네시와 떨어지자마자 이번에는 쇼부코바가 태수에게 안기며 뺨에 입맞춤했다.

"태수, Thank you so much."

파파파파팟—

이번에도 취재진들의 카메라플래시가 마구 터졌다. 티루네시 디바바에 이어서 마라톤 세계 1위 쇼부코바까지 태수에게 안기면서 뺨에 입맞춤한다는 것은 특종 중에서 특종이기 때문이다.

잠시 후에 신나라가 2시간 21분 37초의 기록으로 3위를 하며 골인했다.

신나라는 평탄한 코스인 시카고마라톤대회에서 자신의 최고기록 2시간 21분 44초였는데, 고개가 많은 난코스인 뉴욕마라톤에서 2시간 21분 37초로 개인 최고기록을 7초 단축했다는 것은 큰 의미가 있다.

신나라보다 20초 늦은 2시간 21분 57초로 마레 디바바가 4위로 골인했다.

하지만 그녀 역시 자신의 최고기록을 경신했으므로 나쁘지 않은 경기 내용이다.

태수는 뉴욕마라톤대회에서 1위 우승하여 10만 달러의 상금과 대회기록을 49초 경신한 것에 대한 포상금 16만 달러, 도합 26만 달러를 챙겼다.

1위 태수는 2시간 4분 17초, 2위 베켈레 2시간 4분 45초, 3위 무타이 2시간 4분 49초.

태수와 베켈레, 무타이 3명 모두 무타이가 세운 종전 대회기록 2시간 5분 06초를 경신했지만 포상금을 받는 사람은 태수 한 사람뿐이다.

여자 1위는 티루네시 디바바고 2위는 릴리아 쇼부코바다.

그렇지만 쇼부코바는 베를린마라톤대회와 시카고마라톤대회에서 연달아 우승을 했었으며, 이번 뉴욕마라톤대회에서 2위를 했기 때문에 WMM 부동의 1위가 되었다.

WMM 남자 부문 우승자가 태수라는 사실은 두말하면 입만 아프다.

세계6대메이저마라톤대회는 뉴욕마라톤대회가 마지막으로 개최되기 때문이다.

뿐만 아니라 세계 육상계에서는 태수가 세계6대메이저마라톤대회 중에서 한 해에 3개를 제패하는 대기록 그랜드슬럼을 달성했다면서 난리가 아니다.

태수는 시상대에서 타라스포츠 브랜드의 고급 트레이닝복을 입었으며, 여러 방송사와 인터뷰를 할 때도 타라스포츠의 여러 종류의 트레이닝복과 마라톤화, 고글, 모자 등을 골고루 착용하여 큰 광고 효과를 냈다.

＊　　　　＊　　　　＊

귀국한 태수는 다시 일상으로 돌아왔다.

각계각층 온갖 곳에서 갖가지 이유를 들어 태수를 초대했지만 그는 꿈쩍도 하지 않고 묵묵히 제 할 일만 했다.

현재 그가 가장 필요로 하는 것은 편안한 휴식이고 오랫동안 보지 못한 혜원을 만나는 것이다.

뉴욕마라톤대회에서 돌아온 티루네시와 마레 디바바는 타라스포츠와 3년 계약을 맺었다.

타라스포츠는 티루네시에게 아디다스가 내놓은 금액 정도의 계약금을 제시했지만 그 외 타라스포츠 전속 모델 계약금과 세계대회에서 입상했을 경우의 포상금으로 높은 금액을 제시했으므로 그다지 나쁜 조건은 아니었다.

태수 덕분에 뉴욕마라톤대회에서 우승했다고 생각하는 티루네시는 타라스포츠가 제시하는 금액이 형편없는 수준만 아니라면 무조건 계약을 하겠다는 입장이었다.

티루네시는 태수와 한솥밥을 먹게 되고 또 그와 훈련을 하게 되었다는 사실에 크게 고무되었다.

마레 디바바는 신나라가 두 번째 계약했던 수준에 맞추어서 타라스포츠와 계약을 체결했다.

티루네시와 마레는 에티오피아로 돌아갔다. 새로운 대한민국 생활을 위해서 준비할 것이 있으며, 또 할아버지 타슈메 디바바를 모셔 올 계획이다.

그동안 타라스포츠가 티루네시, 마레의 친조부인 타슈메 디바바가 찾고 있는 한국전쟁 당시의 고아 송은하에 대해서 백방으로 수소문했으며 결국 그녀를 찾아냈기 때문이다.

늦은 아침. 태수는 타라스포츠 브랜드의 간편한 트레이닝복에 위에는 얇은 윈드브레이커를 입었으며, 모자와 고글, 마라톤용 마스크까지 한 모습으로 숙소인 T&L스카이타워를 나왔다.

11월 12일의 부산 날씨는 약간 쌀쌀했지만 본래 추위를 잘타지 않는 태수는 마린시티에서 요트장, 수영강으로 향하는 자전거도로를 편안하게 달렸다.

탁탁탁탁탁탁탁······.

태수 뒤에는 역시 타라스포츠 브랜드인 산뜻한 패딩 점퍼에 야구모자, 선글라스, 검은 레깅스를 입은 고승연이 메리다 MTB를 타고 뒤따르고 있다.

오늘 태수는 늘 뛰던 센텀시티 쪽 수영강변으로 가지 않고 요트장을 지나 민락교를 건너 수영구 민락동 수변공원 쪽으로 향했다.

오늘 아침에는 조깅도 하지만 수변공원 근처에서 만날 사람이 있기 때문이다.

타타탁탁탁탁탁······.

태수는 민락교를 건너 수영강 하류 쪽으로 km당 4분의 속도로 천천히 달렸다.

온몸 여기저기 아프지 않은 곳이 없다. 그렇지만 참기 어려운 고통이 아니라 휴식으로 컨디션이 살아날 때의 기분 좋은 뻐근한 고통이다.

태수가 달리고 있는 강변 자전거도로 왼쪽은 수영강이 바다와 합류하는 곳이고, 오른쪽에는 센텀비치푸르지오아파트 대단지가 줄지어 늘어서 있으며 그다음이 롯데캐슬자이언트 아파트다.

푸르지오에는 박형준이, 롯데캐슬자이언트에는 조영기 두 형님이 안동에서 이사와 살고 있다.

그 두 사람은 뉴욕마라톤대회까지 날아와서 태수를 응원해주었다. 그들은 태수에게 보이지 않는 든든한 힘이다.

태수는 두 사람에게 말로는 설명할 수 없을 만큼 깊은 고마움을 느끼고 있다.

롯데캐슬자이언트 아파트가 끝나는 곳에 카페가 있는데 태수는 11시에 그곳에서 누군가를 만나기로 약속했다. 숙소가 있는 마린시티 쪽에는 보는 눈이 많기 때문에 약속 장소를 이곳으로 정했다.

지금 시간이 10시 25분이라서 약속 시간이 멀었지만 태수는 달리면서 카페를 힐끗 쳐다보았다.

이른 시간인데도 창가 쪽 자리에 몇 사람이 앉아 있는 게 보였지만 안쪽이 어두워서 만나기로 한 사람이 있는지는 알 수가 없다.

태수는 슬쩍 방향을 틀어서 수변공원 안쪽으로 달렸다.

수변공원 넘어 잘 조성된 바닷가에서 낚시를 하고 있는 강태공이 몇 명 보였다.

그걸 보면서 문득 태수는 낚시가 하고 싶어졌다. 그는 어린 시절을 보낸 영양의 반변천에서 낚시를 즐겼었다.

그는 이름 모를 포구를 지나서 광안리해수욕장까지 내리달렸다가 돌아올 때는 도로를 택해서 인도로 달렸다.

고승연은 태수가 그냥 조깅을 하러 나왔는 줄 알고 뒤에서 묵묵히 따라오고 있다.

저 멀리 다시 롯데캐슬자이언트 아파트가 보일 때 도로 왼쪽에 굉장한 규모의 구조물이 나타났다. 놀이동산 같은데 폐장을 했는지 을씨년스러운 광경이다.

"후우우……."

태수는 다시 약속 장소인 카페 앞에 도착하여 숨을 고르고 나서 고승연을 쳐다보았다.

"너도 들어와라."

"여기 있을게요."

태수를 하나님처럼 여기는 고승연은 자전거를 가로수에 세우면서 말했다.

태수는 고승연에게서 수건을 받아 땀을 닦고 카페의 문을 밀고 들어가며 시계를 보았다.

10시 50분. 약속 시간은 10분 남았으니까 만날 사람이 아직 오지 않았을 거라고 생각했다.

그런데 저만치 구석 자리에 앉아 있는 여행객 차림의 눈에 확 띄는 근사한 여자가 들어서는 태수를 향해 한쪽 손을 들어 보였다.

태수는 얼른 다가가서 공손히 허리를 굽혔다.

"고모님."

엷은 선글라스를 낀 매혹적인 미모의 소유자는 혜원의 고모 수현이었다.

"앉아."

"어떻게 지내셨어요?"

"아직도 백조지 뭐."

백조라면서 수현은 백조답지 않게 가지런한 하얀 이가 보이도록 환하고 건강하게 미소 지었다.

태수의 평소 생각이지만 혜원은 수현과 엄마를 절반씩 닮은 것 같았다.

혜원은 활짝 핀 장미처럼 아름다운 수현의 미모와 엄마의 고즈넉하고 청초함을 물려받은 것 같았다.

태수는 수현과 한 시간 정도 대화를 나누고 나서 밖으로 나와 수변공원을 거닐었다.

태수는 뉴욕마라톤대회가 끝나고 귀국하자마자 혜원에게 전화를 했으나 계속 없는 번호라는 안내 멘트가 나왔었다.

그럴 리가 없어서 혜원이 다니는 여의도 신명증권에 전화를 했더니 어이없게도 5일 전에 회사를 그만두었다는 충격적인 얘기를 들었다.

태수는 불길한 예감이 들어서 급히 수현에게 전화를 했고, 다행히 그녀하고는 통화가 됐다.

그래서 자기가 부산에 갈 일이 있으니까 만나서 얘기하자는 그녀의 말에 오늘 여기에서 만난 것이다.

수현의 말에 의하면 혜원 아버지 남용권은 전답과 임야, 집 따위를 다 팔고 여기저기에서 돈을 빌려 20억 원을 어렵게 맞췄다고 한다.

지난번 남용권 씨가 사기죄로 고소를 당해서 유치장에 갇혔을 때 태수가 윤미소를 시켜서 20억 원을 들여 남용권 씨를 구명했던 돈을 빚이라 여기고 기어이 갚겠다고 없는 형편에 집안을 거덜 낸 것이다.

더구나 남용권 씨는 둘째아들이 자리를 잡고 있는 호주로 가족 전체가 이민을 가겠다고 결정을 내렸다고 한다.

그래서 혜원더러 회사를 그만두고 집으로 내려오라고 했는데 혜원이 말을 듣지 않아서 큰오빠 남중권이 직접 서울에 올라가서 강제로 회사를 그만두게 하고 누이동생을 끌고 내려갔다는 것이다.

"태수야."

"아… 네. 고모님."

수현과 함께 나란히 수변공원을 걷고 있는 태수는 혜원 생각으로 마음이 무거워져서 수현이 세 번째 부르는 소리에 겨우 알아들었다.

"앉자."

수현은 수변공원 돌계단 맨 꼭대기에 마린시티를 바라보면서 먼저 앉았다.

"혜원 아빠는 너희들 절대로 합쳐지게 놔두지 않을 거다."

끼룩끼룩…….

바다 위를 낮게 날고 있는 갈매기들을 보면서 태수가 우울하게 물었다.

"아버님께선 도대체 왜 그렇게 저를 미워하시는 겁니까?"

"널 미워하는 게 아냐."

"그럼 왜 그러십니까?"

수현은 쓸쓸한 표정을 지었다.

"혜원 아빠 표현에 의하면 너는 '근본 없는 상놈'이야. 그 사람은 양반하고 상놈은 같은 밥상에 앉는 것조차도 용납하지 못해. 21세기에는 절대로 이해하지 못할 사고방식을 갖고 있는 사람이야."

수현은 고개를 절레절레 흔들었다.

"그런 사람이 어떻게 군수를 했는지… 쯧쯧쯧……."

태수는 망연자실 어이없는 얼굴로 멀거니 맞은편 마린시티를 응시했다.

태수네는 근본도 없는 상놈 가문이 아니다. 태수 할아버지와 할머니께서 단 두 분이 한국전쟁 때 월남하여 남한에 터를 잡았기 때문에 일가친척이 없는 것뿐이다.

태수는 일찍 돌아가신 할아버지와 할머니를 뵌 적이 없지만 할아버지께선 북에 계실 때 원산에서 교편을 잡으셨으며 할머니께선 함흥의 양가집 규수였다는 말을 아버지에게 들은 적이 있었다.

그 정도면 괜찮은 가문이 아니었겠는가. 죄가 있다면 한국전쟁 때 피난 나왔다는 사실이다.

그것도 그렇지만 근본 없는 상놈이면 또 어떤가? 그게 무슨 문제가 된다는 말인가?

"휴우……."

태수 대신 수현이 긴 한숨을 토했다.

"골백번 궁리를 해봐도 너희는 방법이 없다."

태수보다도 수현이 더 속이 새카맣게 타는 것 같았다.

"태수 니가 혜원이더러 부모형제 버리고 와서 같이 살자고 하면 그러겠지만 걔 마음고생이 장난 아닐 거야."

태수는 묵묵히 듣기만 했다.

"그렇게 니네 둘이 산다고 해도 혜원 아빠나 오빠가 절대로 가만히 놔두지 않을 거야. 아마 니들한테 찾아와서 발칵 뒤집어놓을 거야. 그런 걸 알고 있으니까 혜원이는 선뜻 너한테 오지 못할 거다."

둘 사이에 한동안 무거운 침묵이 흘렀다.

"제가……."

태수는 말을 꺼냈다가 목이 잠겨서 다시 말했다.

"제가 아버님을 한 번 다시 찾아뵙고……."

"그만해라!"

수현이 발칵 소리쳤다.

"니가 죄인이냐? 대한민국, 아니, 전 세계 육상영웅인 네가 무엇 때문에 그딴 시골구석의 상식 이하의 영감탱이에게 설설 기어야 하는데?"

수현은 자기 일보다 더 화를 냈다.

"그렇게 해서 가능성이 보인다면 열 번이고 스무 번이고 찾아간다지만 그 사람에겐 아무 소용이 없다. 니가 찾아가 봐야 혜원 아버지 부아만 채우는 것뿐이야."

수현은 입술을 잘근잘근 씹다가 어렵게 얘기했다.

"그냥 혜원이 잊어라. 어렵겠지만 그 방법밖에 없다. 세월이 흐르면 잊힐 거다."

"그러면 저 죽습니다."

수현이 상체를 앞으로 내밀어 태수의 얼굴을 보더니 깜짝 놀랐다.

태수가 슬픈 얼굴로 뚝뚝 눈물을 흘리고 있는 걸 보고 수현은 가슴이 미어졌다.

"태수야⋯⋯."

수현은 태수의 머리를 잡고 부드럽게 가슴에 안았다.

태수는 수현에게 엎드려 어깨를 들먹이며 소리 없이 흐느껴 울었고, 그를 지켜보는 수현도 가슴이 찢어지는 것 같아서 하염없이 눈물을 흘렸다.

"정말이지⋯ 그놈의 인간들은 도대체가⋯⋯."

태수와 수현, 그리고 고승연 세 사람은 근처 돼지국밥집에서 점심을 먹고 나서 밖으로 나왔다.

"그만 가야겠다. 만날 사람이 있어."

"부산에요?"

"응. 대학 동기인데 의논할 게 있다고 해서."

"네."

그래서 수현이 태수더러 부산에서 만나서 얘기하자고 했던 것이다.

수현이 전해준 소식 때문에 많이 울적해진 태수는 하루 종일 파김치가 되도록 수영강변을 달리고 또 해운대파라다이스호텔 수영장에서 수영을 했다.

몸을 녹초로 만들지 않으면 끝없이 떠오르는 혜원 생각 때문에 숨이 끊어질 것만 같다.

뉴욕마라톤대회 이후에 신나라와 손주열, 윤미소, 심윤복 감독, 나순덕 등 모두 휴가를 떠나 태수하고 고승연만 남은 상태다.

고승연은 아버지를 비롯한 가족이 모두 마린시티로 이사를 와서 가봐야 마린시티다. 그렇지만 그녀는 태수를 경호해야 하기 때문에 휴가를 반납했다.

태수의 머릿속에는 자기가 아무리 발버둥을 쳐도 혜원하고는 절대로 결혼할 수 없다는 절망감과 혜원이 보고 싶어서 죽을 것 같은 안타까움이 그를 자꾸만 깊은 수렁 속으로 밀어 넣었다.

저녁 겸 소주나 한잔하려고 마린시티 T&L스카이타워 일층상가의 감자탕집 트리플맨으로 들어선 태수는 뜻밖에도 그곳 방에 앉아서 주문한 감자탕을 기다리고 있는 조영기와 박형준을 만났다.

"오… 태수야! 어서 와라!"

"잘 왔다. 올라와서 앉아라. 한잔하자."

조영기와 박형준은 크게 반기며 태수를 자기들 자리에 합석시켰다.

　감자탕집 트리플맨의 주인이며 고승연 아버지인 고홍식은 태수를 크게 반기면서 특제 감자탕 대짜를 내왔다.

　"보디가드 아가씨도 이리 와서 앉아요."

　조영기는 문 옆에 장승처럼 서 있는 고승연을 손짓으로 불렀으나 그녀는 들은 체도 하지 않았다.

　"승연아, 이리 와라."

　태수가 고개를 끄떡이자 고승연은 그제야 조심스럽게 다가와서 태수 옆에 무릎을 꿇고 앉았다.

　"편히 앉아라."

　태수가 지적을 하고서야 고승연은 책상다리를 하고 앉았다.

　"형님, 제가 한 잔씩 말아드리겠습니다."

　항상 명랑한 박형준이 능숙한 솜씨로 4잔의 소맥을 말아서 골고루 나누어주었다.

　"형님이 한 말씀 하십시오."

　박형준은 모두들 소맥잔을 앞에 놓고 기다리는 가운데 슬쩍 주위를 둘러보고는 낮게 헛기침을 했다.

　"흠! 태수의 아메리카 정벌을 축하한다."

　손님이 많기 때문에 대놓고 말할 수 없어서 조영기는 태수가 시카고마라톤대회와 뉴욕마라톤대회를 제패한 것을 '아메리카 정벌'이라고 둘러서 말했다.

쨍!

건배를 하는데 고승연이 술잔을 들지 않자 박형준이 넌지시 태수를 불렀다.

"어허, 태수야."

"분위기 맞춰라, 승연아."

"네, 오빠."

태수의 말에 고승연은 마지못해서 술잔을 들었다.

술이 몇 잔씩 돌아가고 나서는 요즘 조영기가 푹 빠져 있는 트라이애슬론, 즉 철인3종경기에 대해서 자연스럽게 이야기가 나왔다.

전에 한두 번 지나가는 말로 조영기에게 들은 적이 있었지만 철인3종경기가 무엇인지 태수는 잘 모르고 있다.

"트라이애슬론은 인간의 한계에 도전하는 거야."

취기가 조금 오른 조영기가 철인3종경기에 대해서 한마디로 정의했다.

"마라톤보다 힘듭니까?"

"허허허헛!"

"하하하하하!"

조영기와 박형준이 동시에 웃음을 터뜨렸다.

태수의 어리둥절한 표정을 보면서 조영기가 설명했다.

"철인3종이란 수영, 사이클, 달리기를 연이어서 하는 경기를 말하는 거다. 수영으로 3.8㎞, 사이클 180㎞, 그리고 마라톤 42.195㎞를 연이어서 실시하는 게 철인3종경기야. 그걸 완주하면 철인(鐵人), 즉 아이언맨(Iron Man)이라는 칭호가 주어지지."

"철인……."

태수는 기가 질려서 중얼거렸다. 그런 어마어마한 일을 과연 인간의 능력으로 할 수 있을지 의문이 들었다.

원래 학구파이며 지식이 풍부한 조영기가 트라이애슬론에 대해서 설명했다.

"트라이애슬론은 2000년 시드니올림픽에 정식 종목으로 채택되었으며 거리가 단축되어 수영 1.5㎞, 사이클 40㎞, 달리기 10㎞야. 현재는 트라이애슬론이 너무 어려워서 여러 단축 코스로 변형되기도 했지만 정통은 어디까지나 철인3종경기라고 불리는 수영 3.8㎞, 사이클 180㎞, 달리기 42.195㎞야. 그걸 완주해야지만 철인, 아이언맨이라는 칭호가 주어지지."

조영기는 술잔을 만지작거렸다.

"트라이애슬론이 세상에 널리 알려진 것은 1982년 하와이 아이언맨대회 때였어. 이 대회에 당시 22살의 줄리 모스(Julie

Moss)는 여자 선두로 들어오던 중에 결승점을 눈앞에 둔 시점에서 체력이 바닥나서 쓰러졌다가 4m를 12분 동안 기어가서 끝내 완주했지. 그 장면은 TV를 통해서 전 세계에 방송되었고 그때부터 철인경기가 널리 보급됐지."

태수는 22살 어린 여자 선수가 4m를 12분 동안 사력을 다해서 기어가는 모습을 상상하면서 가슴이 먹먹해졌다.

"굉장하군요."

조영기는 의기양양하게 어깨를 흔들었다.

"굉장하다뿐이야? 어마어마한 거지. 핫핫핫!"

태수는 마라톤이 인간 한계의 끝판이라고 생각했었는데 그보다도 더한 종목이 있다는 사실에 말문이 막혔다.

"그럼 큰형님께서도 철인 칭호를 받으셨습니까?"

태수의 물음에 박형준이 대신 대답했다. 박형준은 존경스러운 표정으로 옆에 앉은 조영기를 쳐다보았다.

"형님은 작년 2014년 하와이 코나 아이언맨챔피언쉽에서 16시간 27분에 완주하여 철인 칭호와 메달을 받으셨어."

"와아……."

태수 입에서 존경의 탄성이 저절로 나왔다.

"수영, 사이클, 마라톤 3코스를 17시간 안에 완주해야지만 철인 칭호를 받는 거야."

태수는 이 순간만큼은 혜원의 일을 잠시 잊고 트라이애슬론의 엄청남에 푹 빠졌다.

그런데 조영기가 짐짓 냉정한 표정으로 태수에게 말했다.

"그렇지만 태수 너에겐 권하고 싶지 않다."

"무엇 때문입니까?"

"트라이애슬론이 마라톤보다 훨씬 어렵고 또 전 세계적으로 광장한 붐을 형성하고 있지만 너는 아직은 마라톤을 해야만 할 것 같다."

태수는 조금 의기소침해졌다.

"제 실력으로는 트라이애슬론을 하기에는 부족합니까?"

"그게 아냐."

태수는 갑자기 트라이애슬론이 높은 벽처럼 느껴졌다. 마라톤이 끝인 줄 알았는데 또 다른 장벽이 그의 앞에 하나 가로막혀 있었다.

"넌 어차피 최고가 돼야 하잖니? 마라톤에서나 만약 도전한다면 트라이애슬론에서도."

조영기의 정확한 지적에 태수는 말문이 막혔다.

"지금 네 실력으로 트라이애슬론에 도전하면 완주는 할 수 있겠지만 우승은 할 수가 없을 거다."

"그… 렇겠지요."

"네가 트라이애슬론에 도전하게 되면 우리처럼 그냥 17시간 안에 완주하는 걸 목표로 삼지 말고 우승을 목표로 삼으라는 얘기다."

태수는 가로막힌 벽이 더 높아지는 것을 느꼈다.

"트라이애슬론에서 우승을 하려면 얼마나 빨리 들어와야 하는 겁니까?"

"현 세계챔피언인 독일의 세바스티안 키엔레가 작년에 열린 2014년 하와이 코나아이언맨챔피언쉽에서 8시간 14분 18초로 우승을 했어."

"8시간……."

태수는 자기가 자꾸만 작아지는 기분이다. 17시간이 완주 시간인데 그 절반보다 빠른 8시간 14분에 완주하다니, 도대체 그 사람이 인간인가 하는 생각마저 들었다.

조영기는 자신의 기억을 더듬었다.

"세바스티안 키엔레는 수영 3.8㎞를 54분에 완주했고, 사이클 180㎞를 4시간 20분, 마라톤 42.195㎞를 2시간 54분에 돌파해서 종합 8시간 14분 18초에 골인했지."

태수는 수영을 해봐서 그게 얼마나 어려운지 잘 알고 있다.

그런데 수영 3.8㎞를 54분에 완주하다니, 만약 태수라면 1시간 30분은 걸릴 것이다.

"마라톤을 섭쓰리(Sub—3)한 겁니까?"

한국에서도 마라톤 섭쓰리 완주자는 몇백 명에 불과할 정도로 어려운 일이다.

조영기는 고개를 끄떡였다.

"그래."

그는 더욱 진지한 표정을 지었다.

"태수 네가 트라이애슬론에 진출한다면 전 세계의 이목이 너에게 집중될 거야."

태수는 묵묵히 고개를 끄떡였다.

"모두들 네가 자신이 있으니까 트라이애슬론에 도전하는 거라고 짐작할 테지. 그런데 만약 결과가 좋지 않다면 너나 팬들이나 다 실망할 거야. 전 세계적으로는 조롱거리가 될 수도 있겠지."

"그렇겠군요."

태수는 자기가 함부로 행동할 수 없는 공인이라는 사실을 새삼스럽게 깨달았다.

조영기가 태수의 갈 길을 제시해 주었다.

"그러니까 태수 너는 마라톤으로 세계를 제패한 다음에 충분한 훈련을 거친 후에 트라이애슬론에 도전하는 거다. 너는 아직 25살이잖니? 젊잖아."

"세바스티안 키엔레는 몇 살입니까?"

"우리 나이로 32살이다."

"아……."

"참고로 트라이애슬론 현 여자 세계챔피언 호주의 미린다

카프리의 기록은 9시간 55초야."

태수 일행이 감자탕집 트리플맨에서 일어나려고 할 때 뜻밖에 수현의 전화가 걸려왔다.

"네, 고모님."

—시간 있니?

"있습니다."

—술 한잔할까?

"그러시죠."

그래서 태수 일행 2차에 수현을 합류시키기로 했다.

2차는 근처의 횟집으로 정했고 자리를 옮기고 나서 서면에 있다는 수현이 30분쯤 후에 택시를 타고 도착했다.

"안녕하세요!"

모르는 사람이 있으면 어색할 법도 한데 수현은 태수와 함께 들어서면서 큰소리로 씩씩하게 인사했다.

수현을 보고 조영기와 박형준은 둘 다 깜짝 놀라는 표정을 지었다.

박형준은 수현이 뜻밖에 아름다운 여자라서 놀랐지만 조영기는 다른 의미에서 놀랐다.

수현은 조영기와 박형준을 둘러보면서 꾸벅 인사했다.

"남수현입니다. 앉아도 될까요?"

"무… 물론입니다. 여기 앉으십시오."

박형준은 얼른 태수 옆자리에 방석을 내주었다.

수현이 자리에 앉으려는데 조영기가 그녀를 보면서 빙그레 엷은 미소를 지었다.

"변함없이 씩씩하구나."

그 말에 모두들 얼음이 되어 조영기를 쳐다보았다.

"덜렁아, 나 모르겠느냐?"

"와앗!"

조영기가 다시 한마디 하자 비로소 수현은 자지러질 듯 비명을 지르면서 그에게 달려들어 와락 안겼다.

"선생님!"

태수와 박형준은 어리둥절한 얼굴로 두 사람을 지켜보았다.

수현은 조영기에게 어린아이처럼 안겨서 뺨을 비비며 어리광을 부렸다.

"선생님 너무 늙으셔서 못 알아봤어요."

이제야 알게 된 사실이지만 조영기는 예전에 안동여고 국어교사였으며 또한 수현의 담임이었다.

그 당시에 수현의 성적이 워낙 출중해서 조영기는 미국 아이비리그에 해외 유학을 가라고 종용했으며 실제로 그녀가 좋은 대학에 들어갈 수 있도록 물심양면 지원을 아끼지 않았다고 한다.

그 덕분에 수현은 미국 아이비리그 예일대를 졸업했으며 하버드 비즈니스스쿨, 즉 MBA 석사과정을 수료할 수 있었다.

세상이 넓고도 좁다더니 설마 수현과 조영기가 사제지간일 줄은 태수로서는 꿈에도 몰랐다.

"언제 귀국했니?"

"작년에요."

수현은 조영기의 옆에 앉아서 팔짱을 끼고 곰살맞게 애교를 부렸다.

"찾아뵙지 못해서 죄송해요, 선생님."

"바빴을 텐데 괜찮다."

조영기는 수현이 따르는 술을 받았다.

"그래, 지금 뭐 하고 있니? 근사하게 풀렸겠지?"

"놀아요."

"놀아?"

조영기는 술을 마시려다가 깜짝 놀랐다.

"아니, 예일대 졸업에 하버드 MBA 석사인 네가 놀고 있다는 말이냐?"

조영기의 말에 태수와 박형준은 깜짝 놀랐다. 태수는 수현이 유학파라는 건 알고 있었지만 설마 그 유명한 예일대와 하버드 출신일 줄은 상상도 못했었다.

안동대 출신인 박형준은 아예 기가 질려서 수현에게서 조금 멀찍이 떨어져 앉았다.

"남의 밑에 들어가서 일하는 것은 성에 차지 않더라구요."

"그럼 사업을 해보려고?"

"그럴 계획으로 여기저기 알아보는데 쉽지가 않네요."

화기애애한 분위기 속에 다들 부지런히 술잔을 나누면서 얘기하며 웃음꽃을 피웠다.

수현은 자기가 부산에 내려온 진짜 목적에 대해서 얘기했다.

수현의 안동여고 동창생이 부산에 시집을 와서 살고 있는데 그녀 남편이 얼마 전에 부산역 인근에 있는 호텔을 인수했다는 것이다.

그 남편은 경영에는 재능이 없는 사람이라서 호텔을 경영해 줄 사람을 물색하고 있는데 부인이 자신의 동창인 수현을 소개하여 오늘 만나봤다고 한다.

"무궁화 3개짜리 형편없이 다 쓰러져가는 모텔 같은 호텔을 인수해 놓고 수리도 하지 않은 채 그냥 대충 청소나 하고 영업을 하려 들더라구요."

그 대목에서 수현은 흥분했지만 하버드 MBA까지 나온 사

람을 뭘로 보고 무궁화 3개짜리 싸구려 호텔의 바지사장으로
앉히려는 것이냐고 화를 내지는 않았다.

하지만 태수와 조영기 등은 그녀가 그것 때문에 기분이 상
했을 거라는 사실을 미루어 짐작할 수 있었다.

자정이 넘은 시간에 태수와 수현은 고주망태가 된 상태에
서 고승연의 부축을 받고 T&L스카이타워 80층 태수의 오피
스텔로 들어갔다.

태수의 허락하에 마음 놓고 술을 마신 고승연도 꽤 취한
상태였다.

그런데 발동이 걸린 수현이 '고!'를 외쳐 댔고, 결국 세 사람
은 집에서 3차를 하고는 완전히 뻗어버렸다.

＊　　　　　＊　　　　　＊

태수는 3일을 쉬고 나서 서서히 훈련에 돌입했다.

세계6대메이저마라톤대회의 4번째 목표인 도쿄마라톤대회
가 내년 2월에 열리기 때문에 이제 불과 석 달밖에 남지 않았
으니 마냥 쉬고 있을 수가 없다.

태수는 며칠 전에 조영기와 박형준에게 듣게 된 트라이애슬
론에 대해서 깊은 흥미를 느꼈으나 지금은 마라톤에 전력투

구해야 할 때라고 생각했다.

태수의 목표는 세계6대메이저마라톤대회를 모두 석권하는 것이다.

현재 베를린, 시카고, 뉴욕을 제패했으니까 앞으로 도쿄, 보스턴, 런던마라톤대회 3개가 남았다.

원래 태수는 목표를 이루는 데 올해와 내년, 후년까지 3년을 계획했었다.

보스턴마라톤대회와 런던마라톤대회가 4월 같은 달 불과 일주일 간격으로 개최되기 때문이다.

그런데 이제 생각해 보니까 욕심을 부리고 싶어졌다. 즉 내년 4월에 열리는 보스턴마라톤대회와 런던마라톤대회를 줄지어서 우승할 수도 있을 거라는 생각이 든 것이다.

올해만 해도 베를린마라톤대회와 시카고, 뉴욕마라톤대회 3개를 두 달도 안 되는 사이에 뛰어서 모두 우승을 했다.

베를린마라톤대회가 9월 27일이었고, 시카고 10월 11일, 뉴욕은 11월 7일이었다.

9월 27일부터 11월 7일까지는 총 45일이며, 그걸 3으로 나누면 15일이다. 말하자면 평균 15일에 한 대회씩 치렀다는 뜻이다.

태수는 노트북을 켜고 인터넷에 접속하여 내년 보스턴마라톤대회와 런던마라톤대회를 검색해 보았다.

보스턴마라톤대회는 4월 17일이고 런던마라톤대회는 4월 24일 딱 일주일 7일의 여유가 있다.

'할 수 있다.'

태수는 주먹을 움켜쥐었다.

'안 되면 되게 해야지.'

그는 마라톤을 정복하고 나면 철인3종경기 트라이애슬론에 도전해 볼 계획이다.

그러려면 이 정도 난관은 극복하고도 남음이 있어야만 한다.

그래서 태수는 이제부터 철인3종경기 훈련을 중점으로 실시하여 몸을 단련시켜야겠다고 생각했다.

제32장
세계를 내 품에

정년퇴직을 해서 시간이 많은 조영기는 자신의 차에 옛 제자인 수현을 태우고 함께 부산 곳곳을 누비고 다니면서 관광도 하고, 또 그녀의 사업 계획을 들어주기도 하면서 소일했다.

휴가를 간 태수 군단은 아무도 돌아오지 않았다. 겨울에는 육상대회가 거의 없기 때문에 넉넉하게 보름 휴가를 준 덕분이다.

"승연아, 너도 그만 쉬어라."

"무슨 말씀이에요?"

태수의 뜬금없는 말에 고승연은 의아한 표정을 지었다.

"나 혼자 다녀올 데가 있으니까 그동안 넌 집에서 쉬라는 얘기다."

고승연은 진지한 얼굴로 물었다.

"저 잘리는 거예요?"

태수는 졌다는 표정을 지었다.

"알았다. 너도 같이 가자."

고승연은 생긋 미소 지으며 밖으로 나갔다.

"준비할게요."

며칠 후 밤. 태수의 BMW X6M50d는 전라남도 해남군 송지면 송호리 산 61-1에 주차되어 있었다.

태수와 고승연은 대한민국 육지로선 최남단인 해남 땅끝마을 땅끝모텔이라는 곳에서 밤을 보내고 있다.

태수는 내일 아침에 자전거로 땅끝마을을 출발하여 강원도 고성까지 837.9km를 주파할 계획이다.

하루에 100km씩 넉넉하게 9일을 계획했다. 평탄한 길로는 620km 정도 되는데 일부러 고개가 많은 산악지형을 택했기 때문에 837.9km로 늘어났다.

그게 정확한 거리는 아니다. 때에 따라서는 거리가 더 늘어날 수도 있다.

태수가 자전거로 국토종단 계획을 세운 주된 목적은 햄스트링, 허리, 상체, 심폐 기능, 근력 강화를 위해서다.

마라토너들은 자전거 훈련 같은 것을 하지 않지만 태수의 생각은 다르다.

그는 심윤복 감독의 지시에 의해서 배우게 된 수영과 사이클의 덕을 지금까지 마라톤대회에서 톡톡하게 보았다.

이제야 말하지만 사람들이 어째서 심윤복 감독을 명감독이라고 하는지 태수는 마라톤대회를 거듭하면서 조금씩 알게되었다.

마라톤은 달리는 경기지만 그렇다고 해서 죽어라고 달리는 훈련만 하는 게 능사가 아니라는 사실을 태수는 실전을 통해서 넘치도록 효과를 봤었다.

땅끝모텔에 남은 객실이 하나뿐이라서 태수와 고승연은 어쩔 수 없이 한 방에 들어갔다.

땅끝마을은 가족이나 연인들이 많이 찾는 전국적인 명소가 되는 바람에 마을에 3개밖에 없는 모텔은 언제나 만원이라고 한다.

고승연은 가족이 모두 마린시티로 이사를 온 후에도 태수의 오피스텔에서 함께 기거하며 최측근에서 그를 그림자처럼 경호해 왔다.

그렇지만 두 사람이 한 침대에서 잔 것은 딱 한 번뿐이다.
지난번 태수와 수현, 고승연이 곤죽이 되도록 술을 마시고는
태수의 킹사이즈 침대에서 한 덩어리가 되어 잤었던 게 그것
이다.

고승연이 아침에 깨어났을 때 태수는 수현과 서로 얼싸안
고 얼굴을 맞댄 채 자고 있었으며, 고승연 자신은 태수 등에
서 껌딱지처럼 붙어 그를 꼭 안고 있었다.

그녀는 잠이 깼지만 움직이지 않고 그냥 그 자세로 태수가
깨어날 때까지 그대로 있었다.

그렇지만 태수는 자기가 수현하고 마주 보는 자세로 꼭 끌
어안고 잤으며, 등에는 고승연이 껌처럼 붙어서 잤다는 사실
을 까맣게 몰랐다.

그가 깨기 전에 수현과 고승연이 슬며시 침대에서 내려갔기
때문이다.

태수와 고승연이 들어간 방에는 더블 침대가 있었으나 태
수는 자기가 바닥에서 잘 테니까 고승연더러 침대에서 자라고
했다.

그러나 고승연은 자기가 바닥에서 자겠다고 버텼고, 태수
는 그럴 수 없다고 버티는 바람에 결국 두 사람은 함께 침대
에서 자기로 했다.

새벽에 고승연이 눈을 떴을 때 그녀는 자기가 태수의 팔을 베고 잤다는 사실을 깨달았다.

자기 시작할 때는 둘 다 똑바로 누워서 천장을 보고 잤었는데 어째서 그런 자세가 됐는지 모를 일이다.

그뿐이 아니다. 고승연은 똑바로 누운 자세로 자고 있는 태수의 한쪽 팔을 베고 그를 향해 옆으로 누워서 한쪽 팔과 한쪽 다리를 그의 몸에 얹은 상태였다. 말하자면 그를 꼭 끌어안고 잔 것이다.

둘 다 트레이닝복을 입고 잤지만 고승연은 마치 자신들 둘이 부부가 된 듯한 기분이 들어서 잠시 동안 가슴이 미친 듯이 두근거렸었다.

고승연이 다 씻은 후에야 태수가 깼다. 고승연은 태수가 씻는 동안 갖고 온 보스턴백에서 주섬주섬 버너와 코펠을 꺼내 생수를 부어서 라면을 끓이고 햇반과 김치 따위를 꺼내 바닥에 늘어놓았다.

태수와 고승연은 방바닥에 머리를 맞대고 앉아서 라면에 밥을 말아서 남기지 않고 배부르게 먹었다.

태수는 조영기에게 부탁하여 로드 자전거 2대를 구입했다.

하나는 '비앙키 올트레XR지몬디70리미티드에디션'이라는 긴 이름의 비앙키 제품이고, 다른 한 대는 '룩695ZR'이다. 비앙키나 룩은 둘 다 자전거의 명품이다.

조영기가 구입 과정에 재간을 발휘해서 할인 가격으로 비앙키는 2,100만 원을, 룩은 1,500만 원을 주었다.

최고의 부속을 사용했기 때문에 그 정도 가격을 줘야 한다. 참고로 비앙키의 프레임은 티타늄이고 룩은 카본이라서 강도가 좋으며 무게가 채 5km도 되지 않을 정도로 가볍다.

조영기의 말인즉, 로드 자전거, 즉 사이클은 처음부터 좋은 제품으로 타야 한다고 해서 그걸로 구입했다.

로드 자전거 2대를 BMW X6M50d에 싣고 왔는데 태수는 첫날 비앙키를 타기로 했다.

태수는 자전거라면 어렸을 때부터 신물이 나도록 많이 탔었고, 마라톤에 입문해서도 심윤복 감독에 의해서 로드 자전거로 낙동강하구에서 양산시까지 수백 번도 더 왕복을 하며 훈련했었다.

태수는 비앙키를 타고 아침 7시에 땅끝마을을 출발했다.

고승연이 비상등을 켠 X6를 몰고 앞장서고 그 뒤를 태수가 비앙키를 타고 뒤따랐다.

태수는 출발과 함께 로드 자전거 핸들에 부착된 타이머와 거리측정계기를 작동했다.

핸들에는 그 밖에도 여러 장치가 있는데 LED라이트와 앞 뒤 기어변속레버, 무전기, 휴대폰, 무전기 거치대 등이다.

태수는 훈련할 때 사용하던 헬멧과 고글, 마스크, 넥워머, 장갑을 착용했으며, 자전거 복장을 입었다. 모두 타라스포츠 에서 만든 제품인 것은 두말할 필요가 없다.

태수는 페달을 클릿페달로 교체했으며 신발도 로드 자전거 전용 클릿신발이다.

클릿신발 바닥에는 특수한 장치가 있어서 클릿페달과 결착 하게 되어 있어서 달리는 도중에 발바닥이 페달에서 미끄러지 는 것을 방지해준다.

그러나 신발과 페달이 하나로 고정된 상태이기 때문에 사 고가 나거나 넘어지게 되면 큰 부상을 입게 된다.

하지만 태수는 줄곧 클릿페달과 클릿신발로 훈련을 했었기 때문에 자전거를 멈출 때에는 능숙하게 발을 비틀어서 신발 과 페달을 분리시킬 수 있다.

아침 7시에 땅끝마을을 출발한 태수는 정확하게 8시 45분 에 해남읍에 도착했다.

땅끝마을에서 해남읍까지 약 38km인데 53분이 걸렸다. 시 속 39.31km/h다.

태수가 인터넷을 뒤져서 알아낸 바에 의하면, 트라이애슬론

세계챔피언 독일의 세바스티안 키엔레는 2104년 하와이 코나 아이언맨챔피언쉽 사이클 부문에서 평균시속 56km/h를, 최고 시속은 74km/h를 기록했다고 한다.

그런데 태수는 키엔레의 평균시속 56km/h에 17km/h나 못 미치는 형편없는 속도다.

아무래도 해남으로 오는 도중에 두륜산과 선암산 사이가 사뭇 언덕으로 이어졌으며, 국도를 달리는 터라서 분주하게 오가는 차량들 때문에 이래저래 시간이 지연된 것이 큰 원인으로 작용한 듯했다.

태수는 트라이애슬론이라는 새로운 신세계에 매력을 느끼기는 하지만 서두르지는 않는다.

굳이 조영기의 충고가 아니더라도 태수는 아직 마라톤에서 해야 할 일이 많다.

그가 세계6대메이저마라톤대회를 모두 석권하겠다는 계획을 세운 것은 아직 아무도 모른다.

이대로 가다가는 태수가 세계6대메이저마라톤대회를 모두 석권하는 거 아냐? 라고 말하는 사람이 있긴 했어도 그게 태수의 뚜렷한 목표라는 건 알지 못한다.

구태여 말할 필요를 느끼지 못했고, 말을 하게 되면 괜히 언론에 흘러나가서 난리법석을 떨 게 뻔하기 때문에 입을 다물고 있는 것이다.

사실 태수에겐 마라톤에서의 또 하나의 목표가 있다. 그것은 지금껏 아무도 근접하지 못했던 마라톤 풀코스 2시간의 벽을 깨는 것이다.

인간이 42.195㎞를 2시간 내에 달린다는 것은 꿈에서나 가능한 일이다. 그렇지만 태수는 얼마 전에 우연히 어떤 기사를 읽게 됐다.

미국 켄터키주립대 연구팀에 따르면 지구력, 근력, 스피드 등 최고의 신체조건을 갖춘 마라토너가 날씨, 코스, 러닝화 등 완벽한 외부 조건하에서 달릴 경우 마라톤 풀코스를 1시간 57분까지 달리는 것이 가능하다고 한다.

1시간대에 진입하려면 100m당 16.63초로 달려야 한다.

세계6대메이저마라톤대회를 모두 석권하는 것이 태수의 첫 번째 목표라면, 마라톤 풀코스의 2시간의 벽을 깨는 것이 두 번째 목표다.

태수가 마라톤 2시간의 벽을 깬다면 아마도 그 기록은 매우 오랫동안 깨지지 않을 것이다. 그리고 태수는 마라톤계에 영원한 전설로 남게 될 것이다.

그래서 할 수만 있다면 태수는 두 번째 목표를 이룬 다음에 트라이애슬론에 진출하고 싶다.

문제가 발생했다.

해남에서 영암으로 향하다가 경찰의 단속에 걸렸다.

국도를 SUV 한 대가 비상등을 켜고 달리고 그 뒤를 로드 자전거 한 대가 따라가니까 당연히 경찰 단속에 걸릴 수밖에 없다.

경찰은 고승연에게는 면허증을, 태수에겐 신분증을 제시하라고 요구했다.

"여긴 자동차 전용 도로입니다."

"죄송합니다. 몰랐습니다."

30대 후반의 경사는 태수의 면허증을 자세히 보고는 선글라스 너머의 눈이 커지는 것 같더니 경찰차로 갔다가 잠시 후에 돌아왔다.

"선글라스와 마스크를 벗어보십시오."

경사는 조금 전과는 달리 약간 경직된 모습으로 태수에게 요구했다.

태수가 헬멧과 선글라스, 마스크를 벗자 경사는 그의 얼굴을 확인하고는 크게 놀라는 표정을 짓더니 곧 차렷 자세를 취하고는 경례를 했다.

척!

"한태수 선수! 몰라봐서 미안합니다!"

"죄송합니다. 선처해 주십시오."

"아이고… 무슨 말씀을……."

경사는 황송한 듯 고개를 저었다.

"훈련 중입니까?"

"그렇습니다."

"어디까지 가십니까?"

"강원도 고성까지 갑니다."

"아아……."

경사는 질린 듯한 표정을 지었다. 이어서 경사는 X6와 로드 자전거, 태수와 고승연을 한 차례 둘러보고 나서 뭔가 생각하더니 정중하게 말했다.

"이제부터 제가 에스코트하겠습니다."

"아니……."

태수가 뭐라고 말할 새도 없이 경사는 경찰차로 뛰어가더니 경찰차를 몰고 X6앞으로 달려 나갔다.

영암경찰서 소속의 친절한 경사는 태수를 나주까지 에스코트해 주었다.

경찰차가 경광등을 번쩍이면서 앞서 달리니까 신호나 다른 차량들에 구애를 받지 않고 태수는 나주까지 한 번도 쉬지 않고 편하게 달렸다.

영암에서 나주까지 25㎞를 35분에 주파, 시속 42.86km/h의 속도다.

아까 땅끝마을에서 해남까지 38㎞였고 해남에서 영암까지

39km로 각각 시속 39km와 38km였는데 이번에는 속도가 시속 42km로 3~4km/h 정도 올랐다.

이것으로 한 가지는 분명해졌다. 경찰 에스코트로 신호와 차량 소통에 관계없이 편하게 달린 상황에서 태수의 정직한 속도는 시속 42km다.

그것은 트라이애슬론 세계챔피언 세바스티안 키엔레의 평균속도 56km에 14km 못 미치는 것이다.

태수가 세바스티안 키엔레를 인터넷에서 검색해서 얻은 약간의 정보에 의하면, 키엔레는 수영과 마라톤에서 1위에 비해서 2~5분 늦은 기록을 사이클에서 12분 이상 단축하여 우승을 했다고 한다.

반대로 태수는 마라톤에서 강력하니까 수영과 사이클에서 까먹은 시간을 마라톤에서 벌충하면 된다.

하지만 어느 정도여야 가능하지 수영과 사이클에서 너무 많이 까먹으면 아무리 마라톤을 잘 뛰어도 소용이 없다.

태수의 경우에 수영 3.8km와 사이클 180km를 달리고 나면 기진맥진할 것이다.

그 상태에서 마라톤 풀코스를 뛰면 넉넉하게 잡아도 2시간 40분대는 골인할 수 있을 터이다.

그런 계산을 해보다가 태수는 피식 실소를 지었다. 지금은 마라톤 훈련을 하고 있는데 자꾸만 트라이애슬론을 견주고 있으니 말이다.

영암경찰서 소속의 박 경사는 태수를 나주까지 에스코트해 주고 나서 나주경찰에 연락을 취했다.

5분 후에 나주경찰 소속의 경찰차 한 대가 나타나 X6 앞에서 달리기 시작하고, 영암경찰의 박 경사가 탄 경찰차는 U턴을 하여 영암으로 돌아가면서 태수에게 경례를 붙였다.

태수도 마주 경례를 하면서 왠지 가슴이 따스해지는 것을 느꼈다.

나주에 도착했을 때 시간이 9시 35분쯤 됐다.

땅끝마을에서 나주까지 라이딩(Riding)을 한 총 거리는 102km에 시간은 143분, 2시간 23분이지만, 영암경찰 소속 박 경사의 검문에 걸려서 소요된 시간이 12분이다.

2시간 23분 동안 102km를 로드 자전거로 달려온 태수는 뜻밖의 사실을 알게 되었다.

자전거를 오래 타면 다리가 아플 거라고 예상했는데 실제로는 다른 부위가 아팠다.

엉덩이와 사타구니, 허벅지 안쪽, 허리와 등줄기, 양쪽 어깨와 양쪽 팔이 아파왔다.

통증은 제각각이다. 엉덩이와 사타구니, 허리, 등줄기는 뻐근하고, 어깨는 욱신거렸으며 팔은 저렸다.

태수는 다른 마라토너들은 하지 않는 수영과 사이클, 언덕 달리기 등을 고르게 훈련을 해서 제 딴에는 신체 각 부위가 골고루 발달되었을 거라고 생각했는데, 사이클 2시간 남짓 탔다고 이렇게 여러 부위가 아프다고 비명을 지르는 걸 보면 그것도 아닌 것 같았다.

—치이이… 괜찮아요?

핸들에 부착해 놓은 무전기에서 고승연의 목소리가 들렸다.

—나주에서 쉬죠?

"담양까지 가자."

—오빠!

고승연이 비명처럼 외쳤다.

나주에서 담양까진 약 54km이며 지금까지 달린 3개의 구역 중에서 가장 길다. 담양까지 달리면 오늘 총 156km를 달리게 된다.

처음에는 땅끝마을에서 고성까지 하루 100km씩 넉넉잡아 9일 동안 달리는 것을 계획했는데 이렇게 되면 하루량을 초과하는 것이다.

그렇지만 태수는 무조건 고집을 부리는 게 아니다. 몸이 여기저기 뻐근하기는 해도 이 정도는 견딜 수 있을 것 같아서 54km쯤 더 달려보려는 것이다.

고승연은 태수의 고집을 꺾지 못했다. 고승연도 한 고집 하지만 태수에 비할 바가 아니다.

나주경찰이 물러가면서 담양경찰에게 에스코트를 인계했다.

정말 고마운 것은 각 지역의 경찰들이 서로 에스코트를 인수인계하면서도 태수와 고승연이 일체 신경을 쓰지 않도록 매끈하게 진행했으며, 또한 태수의 로드 자전거가 멈추지도 않게 했다. 그리고 나타날 때와 떠날 때는 나룻배 지나간 강물처럼 고요했다.

더구나 소문을 내지 말아달라는 태수의 부탁을 경찰들은 혈서라도 쓴 것처럼 철저하게 지켜주었다.

담양 읍내 영산강가에 있는 강변공원 내의 추성경기장 근처에 도착한 태수는 온몸 아프지 않은 곳이 없을 정도로 파김치가 됐다.

사실 나주와 담양 중간쯤인 광주를 지날 때 고통이 한계에 도달했었지만 그놈의 포기할 줄 모르는 잘난 성격 때문에 이를 악물고 담양까지 왔다.

끼릭… 탁!

"웃!"

얼마나 지쳤으면 페달에서 클릿을 빼내는 것이 조금 늦어
서 자전거와 함께 옆으로 쓰러지는데 마침 경찰차에서 내린
경찰이 다가오다가 놀라서 급히 그를 붙잡아주었다.

"괜찮으십니까?"

"아… 고맙습니다."

40대 초반의 경사는 태수를 부축해 주고 그 옆에 여순경이
걱정스럽게 지켜보았다.

"오빠!"

차에서 내리던 고승연이 쓰러질 뻔한 태수를 발견하고 비명
처럼 외치면서 달려왔다.

그녀는 원래 과묵한 성격이었지만 태수하고 오누이처럼 지
내게 되면서 태수에게만은 마음을 열었다.

태수는 속도계를 정지시키고 시간을 확인해 보았다. 나주
에서 담양까지 54km를 오는 데 78분, 1시간 18분이나 걸렸다.
시속 38.46km/h다.

오늘 달린 4개 구간 중에서 가장 좋지 않은 속도다. 고승연
의 만류를 듣고 나주에서 멈췄어야 하는데 무리를 한 결과가
이 모양이다.

태수는 주위를 둘러보면서 고승연에게 말했다.

"승연아, 점심 식사를 할 곳과 오늘 쉬고 갈 모텔 같은 곳을
찾아봐라."

"네."

고승연이 대답하고 뛰어가려는데 경사가 급히 불렀다.

"잠깐만요!"

경사는 고승연을 불러 세워놓고는 태수에게 조심스럽게 말을 꺼냈다.

"우리 집이 여기서 가까운데 한태수 선수를 집으로 모시고 싶습니다."

"아유… 이렇게 신세를 지고 있는데 어떻게 그런……."

"아닙니다! 한태수 선수께 식사를 대접하면 저희 집 대대로 영광입니다! 부디 부탁합니다!"

경사는 허리를 꾸벅 숙였고 옆에 있던 여순경도 덩달아서 급히 허리를 굽혔다.

"그래도 근무 중이실 텐데……."

"서장님께서 특별 휴가를 주셨습니다!"

"서장님께서요?"

"서장님 말씀이, 한태수 선수를 괴롭히는 놈이라면 포리새끼라도 절대로 용서치 말라고 하셨습니다!"

"포리새끼요?"

"아아… 파리입니다. 파리새끼! 하하하!"

태수는 경사가 이렇게까지 말하는데 도저히 거절할 수가 없었다.

"그럼 신세지겠습니다."

"신세는 무슨, 절 따라오십시오!"

경사는 경찰차로 부리나케 뛰어가면서 여순경더러 운전하라고 손짓을 하고는 한편으로는 휴대폰을 꺼내 어디론가 전화를 걸었다.

"성진 엄마! 어여 상다리 부러지게 점심 차려놔. 나가 일생일대의 아주 귀한 손님 모시고 갈 텡께! 어허! 왠지는 묻덜 말고 시키는 대로 하랑께!"

흥분한 경사가 경찰차에 타면서 내지르는 고함이 태수와 고승연 귀에 안 들릴 리가 없다.

"아따! 시방 집으로 가는 중인게 싸게 준비하더라고!"

태수는 담양경찰서 생활안전교통과 장 경사네 집에서 융숭한 대접을 받은 후에 장 경사와 부인, 그리고 아들 성진이와 여러 장의 사진을 찍어주고 나왔다.

그렇지만 장 경사는 부인과 아들에게 태수가 누구인지는 끝내 말해주지 않고 나중에 알게 될 거라고만 말했다.

부인과 아들은 태수를 어디서 많이 봤다면서 그에게서 시선을 떼지 못하고 연신 고개를 갸웃거렸으나 그가 담양을 떠날 때까지도 누군지 기억해 내지는 못했다.

장 경사는 자신이 잘 아는 파레스호텔이라는 곳을 소개해

줘서 태수와 고승연은 그곳에서 하룻밤 푹 쉬고 다음 날 아침 7시에 담양을 출발했다.

장 경사와 여순경은 태수의 다음 행선지인 남원 외곽까지 에스코트해 주었으며, 그곳에는 연락을 받고 미리 나와서 대기하고 있던 남원경찰서 소속 경찰차가 바통을 이어받아서 에스코트를 해주었다.

*   *   *

11월 14일에 시작된 태수의 국토종단 라이딩은 11월 26일에 끝났다.

원래는 전남 땅끝마을에서 강원도 고성까지 837.9㎞를 종단할 계획이었으나 강훈련을 한다고 산길을 이리저리 휘돈 덕분에 거리가 늘어나서 총 1,335㎞를 달렸으며, 그 덕분에 예정보다 늘어난 12일이 소요됐다.

11월 26일 오후에 고성군청 앞에서 라이딩을 끝낸 태수는 로드 자전거 비앙키를 X6에 싣고 조수석 시트를 뒤로 눕히고는 그대로 뻗어버렸다.

고승연은 그 길로 곧장 부산 마린시티까지 428㎞를 5시간 만에 달려서 도착했다.

위잉―

T&L스카이타워 엘리베이터를 타고 80층으로 오르고 있는 태수와 고승연은 몰골이 말이 아니다.

태수는 헬멧과 선글라스, 마스크만 벗었을 뿐 라이딩복 그대로이고, 고승연은 12일 동안 옷 두 벌을 번갈아서 줄기차게 입었기 때문에 후줄근한 모습이다. 객지에 나가면 개고생이라더니 그 말이 진리다.

"고생했다."

태수의 말에 고승연이 입술을 삐죽거렸다.

"오빠가 더 고생했죠."

태수는 고승연 몸에 얼굴을 들이대고 킁킁거렸다.

"그런데 너한테서 퀴퀴한 냄새난다."

"앗! 오빠!"

땀범벅에 제대로 씻지도 못했을뿐더러 속옷을 챙겨 가지 못해서 2벌 갖고 번갈아 입었으니 고승연 몸에서 멸치젓갈 냄새가 나는 건 당연하다.

태수는 짓궂게 코를 벌렁거렸다.

"니 몸에서 나는 냄새가 엄마가 버무려 준 멸치젓 식혜김치하고 비슷한데?"

"오빠 정말……."

"하하하! 배추 절여서 니 몸에다 비비면 그 즉시 식혜김치

되겠다!"

고승연이 부끄러워서 얼굴이 빨개지는 걸 보고 태수가 빙그레 미소 지었다.

"승연이 너 없었으면 나 어떡할 뻔했냐? 나 너한테 많이 의지하고 있다."

태수가 갑자기 진지한 표정을 짓자 고승연은 코끝이 찡해져서 말을 흐렸다.

"오빠……."

"나 집에서 며칠 동안 푹 쉴 테니까 너도 이 기회에 애인도 만나고 그래라."

고승연은 확 얼굴을 붉혔다.

"애인 같은 거 없어요."

"설마……."

고승연은 정색을 했다.

"정말이에요."

태수는 고승연을 감상하듯 아래위를 훑어보았다.

"얼굴도 그만하면 예쁘고 몸매는 럭셔리 그 자체에다가… 몸에서 멸치젓갈 냄새 나는 것만 빼면 훌륭한데 왜 애인이 없는 거지?"

"그만해요."

철썩!

"이번 기회에 애인 만들어봐라."

"아얏!"

태수가 엉덩이를 때리자 고승연은 두 손으로 엉덩이를 감싸면서 태수를 하얗게 흘겼다.

그러면서 그녀는 자기가 태수 앞에서 점점 여자가 돼가는 것을 느꼈다.

땡—

엘리베이터가 80층에 도착했다.

피난민 같은 모습의 태수와 고승연이 태수의 오피스텔로 들어서자 난리가 벌어졌다.

오피스텔 안 거실에 민영과 신나라, 손주열, 심윤복 감독, 나순덕, 그리고 티루네시와 마레 디바바까지 모여 있다가 들어서는 태수에게 달려들며 아우성을 터뜨렸다.

"오빠! 어디 갔다가 온 거야?"

"태수야! 너 무슨 일 있는 줄 알았다!"

"미스터 태수!"

태수는 로드 자전거로 국토종단하는 것을 아무에게도 말하지 않고 진행했었다.

그러니까 민영이나 심윤복 감독들로 봤을 때는 태수가 홀연히 증발했다가 12일 만에 기적처럼 돌아온 것이다. 그러니 이 난리가 벌어지는 게 당연하다.

티루네시와 마레 디바바는 할아버지 타슈메 디바바를 모시고 한국에 왔다.

타슈메는 한국전쟁 당시에 부모와 함께 이북에서 피난을 내려왔다가 졸지에 전쟁고아가 된 당시 5살이던 송은하를 거두어서 2년 가깝게 키우다가 본국 에티오피아로 철수할 때 에티오피아군이 설립한 보화고아원에 맡겼었다.

1954년 7살이 된 송은하는 철수하는 타슈메에게 안겨서 자기도 에티오피아로 데려가 달라면서 울부짖었다고 한다.

그렇게 헤어진 친딸 같은 송은하를 타슈메는 하루도 잊지 않고 그리워하면서 햇수로 62년 세월을 보냈다.

송은하를 찾아달라는 티루네시의 부탁을 받은 민영은 평소에 친분이 있는 MBC방송국 보도국장에게 그 얘길 했고, 국장은 정부의 도움으로 국내 전산망을 동원하고 또 발품을 판 결과 드디어 송은하를 찾아냈다고 한다.

12일 동안 로드 자전거로 국토종단 1,335㎞를 달리고 온 태수는 파김치가 되어 아침 10시가 다 되도록 침대에서 일어나지 못하고 있었다.

"오빠, 계속 잘 거야?"

두꺼운 커튼을 친 어두컴컴한 방에서 자고 있는 태수는 잠결에 민영의 목소리를 들었으나 비몽사몽이라서 무슨 말인지 알아듣지 못했다.

"오늘 티루네시 할아버지께서 송은하 만나는데 웬만하면 오빠도 같이 가지?"

민영은 침대에 걸터앉으며 말했으나 태수에게선 아무런 반응이 없다.

T&L스카이타워 자신의 오피스텔에서 자다가 세수만 하고 맨얼굴에 트레이닝복 차림으로 온 민영은 물끄러미 태수를 응시하다가 가만히 이불 속으로 미끄러져 들어갔다.

"오빠."

"응⋯⋯."

똑바로 누워서 자고 있는 태수를 보고 옆으로 누운 민영이 콧소리로 부르자 그는 건성으로 대답했다.

민영은 태수의 팔을 뻗어서 팔베개를 하고는 팬티만 입은 채 자는 그의 가슴을 부드럽게 쓰다듬었다.

그녀는 태수의 귀에 입술을 바짝 붙이고 뜨거운 숨을 호로록 토해냈다.

"사랑해."

"응⋯⋯."

태수는 잠결에 좋은 기분을 느끼고 빙그레 미소를 지었다.

민영은 얼굴을 들어 태수의 입술에 자신의 입술을 조심스럽게 비비면서 손으로는 그의 잘 발달된 가슴과 복부의 근육을 쓰다듬다가 스르르 팬티 속으로 집어넣었다.

민영은 부드럽게 태수의 혀를 빨면서 손을 움직여 그의 단단하게 발기된 남성을 만지작거렸다.

"으음……."

태수가 민영 쪽으로 돌아눕더니 그녀를 힘껏 부둥켜안고 나서 손을 그녀의 바지와 팬티 안으로 넣어 엉덩이를 어루만지다가 계곡 속을 더듬었다.

"아아아… 오빠……."

민영은 태수의 혀를 빨다가 신음을 터뜨렸다.

그 바람에 태수가 갑자기 번쩍 눈을 뜨고는 잠시 눈을 껌뻑거리다가 현재의 상황을 알아차렸다.

민영은 태수의 것을, 태수는 민영의 그곳을 집중 공략하고 있으며 두 사람은 키스를 하고 있는 중이다.

"너……."

태수는 입을 떼고 민영을 쳐다보며 얼굴을 찌푸렸다.

"이 자식이 자는데……."

민영은 맹랑하게 웃으며 혀를 쏙 내밀었다.

"헤헤… 오빠 깨우는 데는 이 방법이 즉효네?"

확!

"어서 일어나. 해가 중천이야."

그녀는 발딱 일어나서 이불을 확 걷었다.

그런데 태수의 팬티가 허벅지에 걸려 있고 그의 성난 남성이 기둥처럼 힘차게 솟구친 걸 보고 민영은 깜짝 놀라서 눈을 커다랗게 떴다.

그러는 민영은 태수에 의해서 트레이닝 바지와 팬티가 무릎까지 내려가서 은밀한 부위가 훤하게 드러난 모습이다.

"너 정말……."

태수는 팬티를 끌어 올리려고 했으나 발기한 남성에 걸려서 잘되지 않았다.

민영은 크게 당황했으나 침착하려고 애쓰면서 바지를 추스르며 침대에서 내려왔다.

"어서 일어나, 오빠. 티루네시하고 마레가 기다리고 있어."

그렇게 말하는 민영의 행동은 꼭 마누라 같았다.

노회한 한국전쟁의 영웅 타슈메는 대나무처럼 마르고 큰키에 깨끗하게 이발을 하고 면도를 한 잘 늙은 노인이었다.

87세의 나이에 오랜 세월 감옥에서 지낸 흔적이 얼굴에 자글자글한 주름으로 남았으나 본래 선량하고 잘생긴 용모는 가려지지 않았다.

태수 일행과 타슈메, 티루네시, 마레는 부천 상동호수공원으로 왔다. 타슈메가 찾고 있는 송은하가 부천 상동에 살고 있기 때문이다.

MBC 제작진은 미리 송은하와 연락을 취해서 타슈메에 대해서 설명했으며, 그녀가 타슈메를 만날 의사가 있다고 해서 오늘 상동공원에서 만나기로 했다.

타슈메는 부인과 손을 꼭 잡고 공원길을 천천히 걸어갔고, 티루네시와 마레, 그리고 태수와 민영, 고승연이 뒤따르고 있다.

일행의 좌우에서는 2대의 카메라가 지금 상황을 촬영하고 있으며, MBC에서는 타슈메와 송은하의 62년 만의 극적인 만남을 다큐멘터리로 제작할 계획이다.

타슈메의 사연을 잘 알고 있는 태수와 민영은 적잖이 긴장했다. 민영은 태수의 팔을 두 팔로 잡아 가슴에 꼭 안고 앞을 주시했다.

"오빠, 저기."

민영이 걸음을 뚝 멈추면서 작은 목소리를 냈다.

그녀가 말하지 않아도 태수는 타슈메 앞 20m 거리에 한 가족이 서 있는 모습을 발견했다.

60대 후반의 고운 아주머니와 젊은 부부, 그리고 손자, 손녀인 듯한 아이들 2명이다.

타슈메의 걸음이 빨라졌다. 그의 20m 앞에는 62년 전 의정부 보화고아원에 맡겨두고 떠났던 7살 단발머리 송은하가 눈물을 흘리며 서 있었다.

그때 송은하는 꼭 데리러 오라면서 눈물을 흘리며 손을 흔들었고, 타슈메는 꼭 다시 돌아오겠다면서 비통한 마음으로 눈물을 흘리며 떨어지지 않는 걸음을 옮겼었다.

그 일이 엊그제만 같은데 야속한 세월은 반세기를 넘어 62년이나 흘러 버렸다.

씩씩하고 자상한 에티오피아 황실근위대 강뉴대대의 젊은 장교 타슈메는 87세의 할아버지가 되었고, 타슈메 무릎에 앉아서 고개를 까딱거리면서 재롱을 부리며 아리랑을 즐겨 불러주던 코흘리개 어린 소녀는 어느덧 반백머리의 할머니가 되었다.

타슈메의 걸음이 점점 빨라졌다.

"은하… 은하……."

62년 전 헤어지던 그날처럼 타슈메의 주름진 깊은 눈에서 걷잡을 수 없이 눈물이 흘러내렸다.

눈물을 흘리면서 서 있던 송은하가 반백 머리카락을 날리면서 타슈메를 향해 뛰었다.

"아버지… 나의 타슈메 아버지……."

두 사람은 서로를 한눈에 알아보았다. 그들은 62년의 세월을 뛰어넘어 25세의 청년과 7살 어린 소녀로 돌아갔다.

두 사람은 와락 힘차게 포옹하면서 울음을 터뜨렸다.

"으흐흑… 은하… 나의 딸 은하……."

"아버지… 타슈메… 나의 아버지……."

타슈메는 한국말로 더듬거렸으며 송은하는 그 옛날처럼 타슈메를 아버지라고 불렀다.

"엉엉… 왜 이제야 오셨어요… 금방 데리러 온다고 하더니 왜 이제야 오신 거예요… 엉엉……."

송은하는 타슈메 품에 안겨서 그의 등을 쓰다듬고 두드리면서 62년 전 그때처럼 어린아이마냥 울었다.

타슈메는 송은하의 등을 쓰다듬고 어루만지면서 그저 하염없이 눈물만 흘렸다.

그 광경을 보면서 태수는 눈시울을 적셨고, 민영과 고승연, 티루네시, 마레는 흐르는 눈물을 주체하지 못했다.

태수는 3일을 쉬고 나서 다시 훈련에 들어갔다.

이때쯤에는 휴가를 갔던 태수 군단이 모두 돌아왔다.

티루네시와 마레는 T&L스카이타워 태수와 같은 80층에 40평형대 오피스텔을 배정받아서 한국 생활을 시작했다.

티루네시와 마레는 기꺼이 태수 군단에 합류했다. 태수 군단은 디바바 자매의 합류로 마라톤 선수만 5명이 되었다.

타슈메 디바바는 타라스포츠가 최대한의 편의를 제공하고 있으며 다큐멘터리를 촬영하는 MBC에서도 물심양면 협조를 아끼지 않았다.

타슈메 부부는 한국에 머무는 동안 62년 만에 만난 송은하와 한시도 떨어지지 않고 함께 다니면서 생활했다.

그들은 송은하가 아들 내외와 함께 살고 있는 부천 상동의 아파트를 제일 먼저 찾아갔으며, 다음에는 춘천에티오피아참전기념관으로 향했다.

이후 대한민국의 발전상을 한눈에 볼 수 있는 전국의 도시와 공장 등을 두루 견학했고, 명승지를 관광하는 것도 빼놓지 않았다.

＊　　　　＊　　　　＊

새벽 6시.

척―

오늘부터 아침 로드 훈련을 같이하기로 한 손주열이 태수 오피스텔 문을 열었다.

그런데 안으로 걸어 들어가던 손주열이 그 자리에 뚝 멈추면서 눈이 휘둥그레졌다.

"어……"

실내에 온통 여자들이 우글거리고 있었기 때문이다. 그러나 그저 여자들이 있는 광경이라면 손주열이 지금처럼 놀라지 않았을 것이다.

그녀들이 죄다 팬티 바람에 브래지어 차림이거나 아니면 탱크탑, 헐렁한 민소매 아래에 팬티만 입은 모습으로 입에 칫솔을 물고 돌아다니고 거울 앞에 앉아서 로션을 바르고 헤어 드라이어로 머리를 말리고 있었던 것이다.

이 순간 손주열은 자신이 여자 목욕탕 휴게실에 들어온 듯한 착각이 들었다.

민영과 윤미소를 필두로 신나라, 티루네시와 마레, 고승연까지 젊고 싱싱한 여자 6명이 거의 벌거벗다시피 한 모습으로 우글거리는 광경을 본 손주열의 눈동자가 바삐 이리저리 돌아다녔다.

그런데 그때 태수가 자기 방에서 나오면서 두리번거리며 소리쳤다.

"승연아! 내 런닝팬츠하고 싱글렛 어딨냐?"

"여기요! 오빠!"

고승연이 어느 방에 들어가더니 곧 태수가 찾는 것을 갖고 종종걸음으로 달려갔다.

"선배님! 어제 입은 팬티 어디에 벗어놨어요?"

신나라가 브래지어 위에 싱글렛을 입으면서 태수에게 다가오며 물었다.

"대회도 아닌데 그게 왜 필요해?"

"오늘 아침에는 실전처럼 뛰어보고 싶어요."

"몰라, 세탁기 안에 찾아봐."

"네!"

팬티 위에 싱글렛만 입고 있는 신나라는 세탁기가 있는 베란다로 뛰어가다가 손주열을 발견하고 기겁을 했다.

"꺄악!"

순간 6명의 여자가 우두커니 서 있는 손주열을 발견하고는 수건과 빗, 헤어드라이를 집어 던지면서 비명을 질렀다.

"야! 이 변태! 뭘 보는 거야?"

"아아앗! 손주열 너 죽을래!"

손주열은 복도로 쫓겨 나와서 투덜거렸다.

"태수는 괜찮고 나는 안 된다는 거야?"

태수는 티루네시에게 물었다.

"티루네시, 왜 여기에 있는 겁니까?"

티루네시는 태연하게 대꾸했다.

"여기에서 잤으니까 여기에서 씻는 게 당연하죠."

"여기서 잤다고요? 어느 방에서요?"

태수 팬티를 안에 입고 겉에 런닝팬츠를 입은 신나라가 방에서 나오며 대답했다.

"제가 미소 언니랑 같이 자고, 티루네시 언니와 마레가 제 방에서 잤어요."

이번에는 화살이 드라이를 하고 있는 민영에게 날아갔다.

"민영이 넌 왜 여기에 있는 거냐?"

"여기에서 잤으니까 당연하지."

윤미소가 태수를 흘겼다.

"민영 씨, 아까 태수 니 방에서 나오던데?"

"내 방에서?"

태수는 짐짓 화난 얼굴로 고승연을 쳐다보았다.

"넌 알고 있었어?"

"네."

태수는 얼마나 곯아떨어졌으면 민영이 자신의 침대에서 자는지도 몰랐는지 한심한 생각이 들었다.

"내일부터는 방문 잠그고 잘 거다."

태수의 말에 민영은 방그레 미소 지었다.

"나한테 마스터 키가 있지롱."

태수는 고승연에게 명령했다.

"승연아, 내일부터는 민영이 내 방에 못 들어오게 해."

고승연은 민영을 쳐다보며 무표정한 얼굴로 물었다.

"강제로 들어가려고 하면요?"

"묻어버려."

고승연은 차가운 표정을 지으며 두 손을 포개서 손가락 마디를 꺾었다.

뚜둑… 뚝…….

"알겠어요."

태수 군단은 11월 말의 아침 찬 공기를 맞으면서 수영강변 자전거도로에 나섰다.

타라스포츠에서 생산된 각종 트레이닝복을 입은 태수와 신나라, 손주열, 티루네시, 마레 5명은 2열 혹은 1열로 ㎞당 4분의 속도로 천천히 달리기 시작했다.

탁탁탁탁탁탁―

선두는 태수와 티루네시가 나란히 달리고 그 뒤에 신나라와 마레, 마지막에 손주열, 맨 뒤에 날렵한 패딩 점퍼를 입은 고승연이 MTB를 타고 뒤따른다.

"태수, 나 꿈을 꾸는 것 같아요."

티루네시가 달리면서 태수를 보며 말했다.

"뭐가요?"

"내가 한국에서 태수 씨하고 같이 훈련을 하다니 믿어지지 않아요."

티루네시는 환한 미소를 지었다.

"한국 같은 좋은 나라에서 살게 되다니, 한국은 독일보다 더 발전한 것 같아요."

태수는 빙그레 웃었다.

"한국은 인심이 좋아요."

"인심? 그게 뭔가요?"

태수는 달리면서 잠시 생각하다가 대답했다.

"사람들의 마음이 선량해서 낯선 이방인에게도 친절하게 대하는 거예요."

티루네시는 알았다는 듯 환한 표정을 지었다.

"태수와 타라스포츠가 우리에게 하는 것처럼요?"

태수는 쑥스럽게 미소 지었다.

"일테면 그런 거죠."

타타탁탁탁탁탁탁—

여명이 부옇게 밝아오고 있는 수영강변을 힘차게 달리는 5명의 발걸음 소리가 어지럽게 강변으로 울려 퍼지며 잠자는 물새들을 날아오르게 만들었다.

선두 태수와 티루네시는 어느덧 km당 3분 10초의 조금 빠른 속도로 달리고 있다.

티루네시는 아까부터 자꾸만 태수를, 아니, 태수의 달리는 모습을 쳐다보았다.

"태수, 주법이 변했어요."

이윽고 티루네시는 참지 못하고 탄성을 터뜨렸다.

"그래요? 나는 잘 모르겠는데."

"아주 안정적이고 자연스러워요."

뒤이은 티루네시의 설명에 의하면, 태수의 두 다리는 완벽하게 바퀴가 굴러가는 동작이라는 것이다.

어느 것 하나 지적할 것 없는, 허리 중심의 체간 달리기와 미드풋 착지, 양쪽 어깨와 두 팔의 팔치기도 나무랄 데 없이 적당하며, 그리고 스트라이드는 태수 키 178㎝보다 12㎝ 큰 190㎝에 발뒤꿈치는 엉덩이하고 한 뼘 반쯤 떨어지는, 그래서 최상의 플랫주법을 구사할 수 있는 최고의 완벽한 주법이라고 했다.

"나는 티루네시의 호흡법을 배우고 싶어요."

"내 호흡법이요? 좋아요, 가르쳐 줄게요."

"나는 티루네시에게 내 주법을 가르쳐 줄게요."

티루네시는 어린아이처럼 환하게 웃으면서 깍깍 이상한 소리를 내더니 잠시 후에 진지한 표정으로 말했다.

"태수, 내 희망이 뭔지 말해줄까요?"

"부탁해요."

티루네시는 ㎞당 3분 5초로 높인 속도에서도 전혀 숨이 차지 않은 모습으로 말했다.

"세계기록을 경신하는 거예요."

태수가 놀라는 표정을 슬쩍 보더니 티루네시는 부끄럽게 미소 지었다.

"쇼부코바의 2시간 18분 20초는 물론이고, 폴라 래드클리프의 세계 신기록 2시간 15분 25초를 깨고 싶어요."

티루네시는 조심스러운 표정을 지었다.

"그러기에는 내가 너무 늙었죠?"

"한번 솔직하게 말해봐요. 티루네시는 스스로 늙었다고 생각합니까?"

"아니, 사실은 그렇지 않아요. 아직도 그렇게 늦은 것은 아니라고 생각해요."

"그럼 된 거예요. 그게 바로 자신감이에요."

티루네시는 건강한 미소를 지었다.

"고마워요. 그렇지만 살아생전에 달성할 수 없는 목표를 세운 것 같아서 걱정이에요."

이쯤에서 태수는 그녀에게 자신의 포부를 말해줘야겠다고 생각했다.

"티루네시, 내 포부가 뭔지 압니까?"

티루네시는 눈을 반짝반짝 빛냈다.

"뭔가요?"

태수는 정면을 똑바로 응시하면서 다부진 표정을 지었다.

"마라톤 풀코스 2시간의 벽을 깨는 겁니다."

"아……."

티루네시는 너무 놀랐는지 갑자기 속도가 떨어져서 뒤로

처졌다가 다시 속도를 내서 태수와 나란히 달렸다.

그녀는 눈부신 듯한 표정으로 태수를 바라보았다.

"훌륭해요. 태수가 정말 존경스러워요."

태수는 겸연쩍은 표정을 지었다.

"우리 함께 자신의 목표를 이루도록 해요."

티루네시는 세상을 다 얻은 것 같은 표정을 지었다.

"고마워요, 태수."

그녀는 말을 아꼈지만 태수는 그녀의 눈에서 촉촉한 물기가 반짝이는 것을 보았다.

"태수, 손 잡아줘요."

왼쪽에서 달리는 티루네시가 태수하고 보폭을 맞추면서 오른손을 내밀었다.

태수는 달리면서 누군가의 손을 잡아본 적이 한 번도 없었으나 티루네시가 자신하고 스트라이드를 맞추는 것을 보고는 손을 내밀어 그녀의 손을 잡았다.

티루네시가 오른발을 내밀 때 태수는 왼발을 내미니까 두 사람의 잡은 손이 같은 팔치기가 되어 자연스러운 동작이 연출됐다.

티루네시가 태수를 보면서 빙그레 미소 지었다.

"Cooperation running!"

"협력 달리기?"

"잘 달리는 사람끼리 이렇게 달리면 상승효과가 이루어진대요. 그렇지만 잘 달리는 사람과 못 달리는 사람이 이걸 하면 부작용이 생긴다고 해요."

태수는 이른바 '코퍼레이션 러닝'을 하니까 티루네시의 장점이 고스란히 자신에게 전해지는 것 같은 느낌을 받았다.

티루네시가 태수의 손을 잡은 손에 힘을 주며 외쳤다.

"태수, 우리 함께 목표를 향해서 달려요!"

"그럽시다! 티루네시!"

타탁탁탁탁탁탁—

두 사람은 '코퍼레이션 러닝'을 하면서 전방을, 아니, 각자의 목표를 향해서 질주를 시작했다.

『바람의 마스터』 6권에 계속…

초대형 24시 만화방

신간 100%, 샤워실, 흡연실, 수면실(침대석), 커플석, 세탁기 완비

▪ 강북 노원역점 ▪

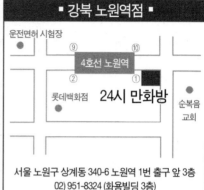

운전면허 시험장

⑨ 4호선 노원역 ⑩

② 24시 만화방 ①

롯데백화점

순복음 교회

서울 노원구 상계동 340-6 노원역 1번 출구 앞 3층
02) 951-8324 (화용빌딩 3층)

▪ 일산 정발산역점 ▪

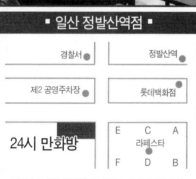

경찰서   정발산역

제2 공영주차장   롯데백화점

24시 만화방

E	C	A
	라페스타	
F	D	B

라페스타 E동 건너편 먹자골목 내 객잔건물 5층
031) 914-1957

▪ 일산 화정역점 ▪

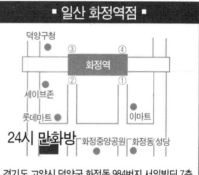

덕양구청

③ 화정역 ④

② ①

세이브존

롯데마트   이마트

24시 만화방   화정중앙공원   화정동 성당

경기도 고양시 덕양구 화정동 984번지 서일빌딩 7층
031) 979-4874 (서일사우나 건물 7층)

▪ 부천 역곡역점 ▪

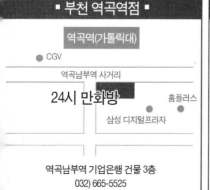

역곡역(가톨릭대)

CGV

역곡남부역 사거리

24시 만화방   홈플러스

삼성 디지털프라자

역곡남부역 기업은행 건물 3층
032) 665-5525

▪ 부평역점 ▪

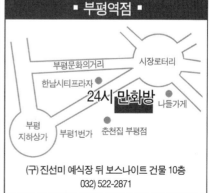

시장로터리

부평문화의거리

한남시티프라자   24시 만화방   나들가게

부평 지하상가   부평1번가   춘천집 부평점

(구) 진선미 예식장 뒤 보스나이트 건물 10층
032) 522-2871

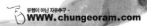

FUSION FANTASTIC STORY

탁목조 장편 소설

천공기

탁목조 작가가 펼쳐 내는 또 하나의 이야기!

『천공기』

최초이자 최강의 천공기사였던 형.
형은 위대한 업적을 이룬 전설이었다.
하지만 음모로 인해 행방불명되는데……

"형이 실종되었다고
내게서 형의 모든 것을 빼앗아 가?"

스물두 살 생일,
행방불명된 형이 보낸 선물, 천공기.
그리고 하나씩 밝혀지는 진실들.

천공기사 진세현이 만들어가는 전설이 시작된다!

Book Publishing CHUNGEORAM

유행이 아닌 자유추구 -
WWW.chungeoram.com

만상조 新무협 판타지 소설

FANTASTIC ORIENTAL HEROES

광풍제월

천하제일이란 이름은 불변(不變)하지 않는다!

『광풍제월』

시천마(始天魔) 혁무원(赫撫源)에 의한 천마일통(天魔一統)!
그의 무시무시한 무공 앞에 구대문파는 멸문했고,
무림은 일통되었다.

"그는 너무나도 강했지.
그래서 우리는 패배했고, 이곳에 갇혔다."

천하제일이란 그림자에 가려져 있던 수많은 이인자들.

"만약……"
"이인자들의 무공을 한데로 모은다면 어떨까?"
"시천마, 그놈을 엿 먹일 수도 있을 거야."

**이들의 뜻을 이어받은 소년, 소하.
그의 무림 진출기가 시작된다.**

FUSION FANTASTIC STORY

말리브해적 장편소설

MLB
메이저리그

Book Publishing CHUNGEORAM

운행이 아닌 자유추구 -
WWW.chungeoram.com

이경영 판타지 장편소설

FANTASY FRONTIER SPIRIT

그라니트

용들의 땅

G R A N I T E

사고로 위장된 사건에 의해 동료를 모두 잃고 서로를 만나게 된 '치프'와 '데스디아'.
사건의 이면에 상식을 벗어난 음모가 있음을 알게 된 둘은
동료들의 죽음을 가슴에 새긴 채 각자의 고향으로 돌아간다.
2년 후, 뜻하지 않게 다시 만난 두 사람은 동료들의 복수를 위해
개척용역회사 '그라니트 용역'을 설립해 다시금 그 땅을 찾게 되는데……

용들이 지배하는 땅 그라니트!
그곳에서 펼쳐지는 고대로부터 이어지는 운명적 만남,
깊어지는 오해, 그리고 채워지는 상처.

『가즈 나이트』시리즈 이경영 작가의 미래형 판타지 신작!

Book Publishing CHUNGEORAM

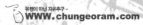

유행이 아닌 자유추구 -
WWW.chungeoram.com